STS

山田社

U0080085

STS

山田社

考試分數大躍進
累積實力
百萬考生見證
應考秘訣

5

QR Code朗讀
隨看隨聽

精修關鍵字版

絕對合格

新制對應

日檢必背

文法考試都在這 N5

＋3回模擬考題

金牌作者群 吉松由美・千田晴夫
林勝田・山田社日檢題庫小組

QR Code

山田社 Shan Tian She

斬獲高分關鍵字

軟萌劇場藏密招

滿心必勝應試全真題

山田社

前言 preface

絕對好消息！打開一扇全新的大門，您只需一秒連線，就能開始進步！
這簡直比點外賣還快！
因此，
我們為了滿足讀者和學校的需求，特別推出了「QR 碼線上音檔版」了。
只要掃描 QR 碼，即刻連結，輕鬆學習，秒速累積實力！

> 明明五光十色的筆記、書上滿山遍野的重點，
> 考試時腦袋卻空空如也？嗯，我懂，您並非孤單一人。
> 其實，一堆重點＝沒重點，畫了＝白畫！
> 只有關鍵字，像魔法膠囊，
> 將龐雜資料壓縮成精華，是記憶的密碼。

這些關鍵字，考試時就像是一位幫您解密的特工。

將一個個散落的知識拼湊成完整的句子，讓您輕鬆串聯 "字" 和 "句"，"句" 和 "文"，讓您秒殺高分。

不再被五光十色的筆記迷惑，專注於關鍵字，進入考試準備的最佳狀態！

什麼是「關鍵字」？OK，先別覺得這有點神秘，其實它就像是考試的超能力小夥伴。它們是資訊的精華，找到寶藏的藏寶圖，能讓您在考試海量內容中游刃有餘，簡直比吃速食餐還要快！

我們可以把「關鍵字」想像成魔法棒，只要一揮，它就會瞄準資料的核心，啟動了我們的五感和聯想力，直接送進您的大腦。這樣您不但可以事半功倍，還能在考試後長期記得住，成績自然漲漲。

本書不僅列出了新制日檢 N5 文法的 142 個項目，還贈送了每個項目的「文法記憶法寶」。這就像是為每個寶藏點上了一盞明燈，等著您去發現。透過運用「關鍵字」，可以直接進入腦海，您將能迅速找到重要的信息，省下更多的時間，同時也能更長時間地保持記憶。不只考試表現出色，生活中也能派上用場！

想要在日語考試中大放異彩嗎？別再跟著悶悶的文法書打交道了！這裡有 6 個超強招式，讓您的學習脫胎換骨，迎接日語的新境界：

★ 精挑文法重點關鍵字，文法記憶更穩更久，高分突破日檢考試！

★ 百萬考生推薦日檢好書，應考秘訣一本達陣！

★ N5 所有 142 文法 × 立驗成果 8 回練習＋模考 3 回 × 實戰聽力！

★ 百萬年薪跳板必備書！日檢 N5 必背高頻率出題文法！

★ N5 文法 × 情境插圖 × 豐富例句，神奇的三合一學習法，讓您一舉達陣！

必總是埋頭苦讀，才能在日語考試中大展拳腳。策略才是王道，掌握方法，擊中考試關鍵，您也能輕鬆征服日檢，日語之路無往不利！

本書有 9 招絕妙的全面日檢學習對策，不僅讓學習事半功倍，
還能讓您的記憶永遠存在！

1. 神奇口訣：擁有神奇的「瞬間記憶法寶」！——為什麼文法解釋總是晦澀難懂？因為它們被藏在叢林中，等待您來發現。這本書創新地在每項文法解釋前加入了「關鍵字」，就像給您一張寶藏地圖一樣，讓您輕鬆找到寶藏。這些關鍵字將文法精華壓縮成易於消化的膠囊，讓您考試時能快速喚醒記憶，激發聯想，高分輕鬆擒來！

2. 戲劇體驗：就像參加了一場超豐富的日常生活小劇場表演！——在這本書中，我們巧妙地將每個文法融入一個充滿創意的小劇場場景中，就像在看喜劇表演一樣。每個文法都伴隨一幅引人入勝的插圖，有時候，它們會讓您笑破肚皮！更重要的是，每個文法都會伴隨著一句常用的日常用語，所以您可以立刻在真實情境中應用所學，讓您的語感快速進步。

我們的目標是，讓您在學習的過程中不僅樂在其中，還能享受到使用日語的樂趣，同時提高您的語言技能，就像是坐上了學習之快車，瞬間提升！

3. 多義細分：學習文法的殺手鐗。──文法知識的多樣性意味著同一規則可能會因前面接續的詞、語境等因素而呈現不同的面貌。舉例來說，考慮到「疑問詞＋も」這個結構，後面接納的詞彙類型將決定不同的意思。如果後接否定形式，它表示「完全否定」；而後接肯定形式，則表示「完全肯定」。許多同學反映，文法的使用情況讓他們感到困惑，尤其是在選擇答案時更是一頭霧水。

　　因此，本書對符合 N5 文法程度的各種使用情況進行了詳細劃分，並提供了相應的例句。這樣，當您在考試中遇到問題時，能夠快速且準確地選出正確答案，不再感到困惑。我們的目標是讓您在文法細分的世界中游刃有餘，成為真正的日語大師！

　　而且，我們不只如此，為了更能滿足 N5 級的考試要求，我們還貼近時事、日常生活等內容，讓您能夠輕鬆應對文法考試的挑戰！

　　這招可以說是為年輕人量身訂製的，既有實力又有幽默感，助您在文法考試的戰場上一戰成名！

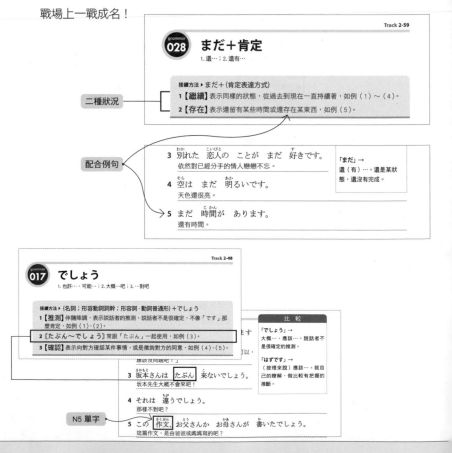

4. 深化差異：就是我們的「彩虹練習法」！ ——您知道嗎？有時候，同一個句子在日常對話和正式場合會有截然不同的表達方式。這種微妙的差異常常會在考試中考察，例如用不同的詞彙來表示類似或相反的概念。因此，熟悉這些不同的表達方式至關重要。

在我們的書中，我們精選了 N5 級文法考試所需的類似表達方式，同時也為您提供了實用的練習題。而且，我們也融入了日語學習的內幕專欄（例如數字的讀法、指示代名詞系列介紹等）。

這項招數不僅能豐富您的學習體驗，還將使您在考試中游刃有餘，信心滿滿地面對挑戰！畢竟，學習也可以充滿彩虹色彩，不是嗎？

類義表現

5. 高效策略：一旦掌握，考試如臂使指！—嗨，學習冒險家們，這招可是我們的"好朋友"，一旦掌握，考試如臂使指！我們搞了一份文法速記表，簡潔明了，所有精華都集結其中，而且配備了清晰的中文解釋，就像您的文法導航儀，總能指引您走向高分之路！

更狠的是，我們為您準備了學習計畫表，輕鬆規劃學習進度。這樣，學習不再是個無頭蒼蠅，而是像一場精心策劃的冒險，每一步都充滿成就感。就像是自備 N5 文法秘籍的冒險家，準備好探索高分的奇妙世界了嗎？

裁切裝訂
隨時帶著背

詞性排序

安排
讀書計劃

6. 例句詳解：手把手學習不再晦澀！—嘿朋友們，文法學習不再是晦澀難懂的事。您是不是常常看到例句時一頭霧水？別抓狂，我們有絕招，能讓您秒懂例句！每個文法都有第一句例句，我們附上了詳細解析，一步步揭示例句中單字和助詞的角色，就像有位私人導師在旁邊手把手教導一樣，學習不再晦澀！

重點筆記

　　更酷的是，我們也整理了容易混淆的文法，用簡單易懂的語言和圖示呈現在正文中，方便您對照學習。不管您的學習需求是什麼，這絕招會讓您的文法學習充滿趣味，輕鬆愉快！

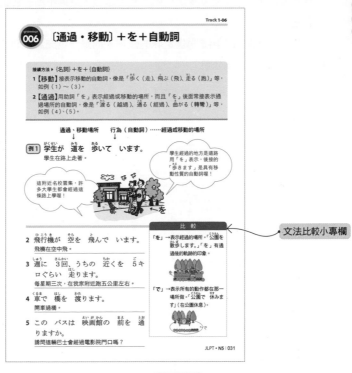

文法比較小專欄

類義表現

文法接續解說表

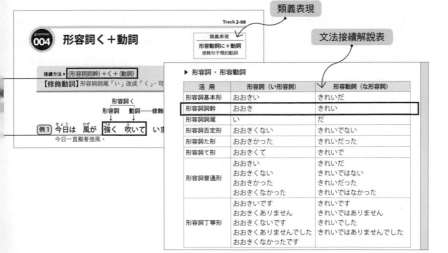

7. 實戰精練：一場衝刺向高分的遊戲！——嘿，學習可不是開玩笑的事。在每個單元的高潮時刻，我們為您準備了一場正兒八經的文法實戰練習，讓您不只是死記硬背，而是能真正拿出來運用！這就像是一場刺激的遊戲，透過不斷的嘗試和挑戰，您將邁向勝利之路！

在這裡，學習不再是單調乏味的任務，而是一場充滿挑戰的冒險。準備好拿出您的文法利劍，刺向高分吧！

必勝問題 →

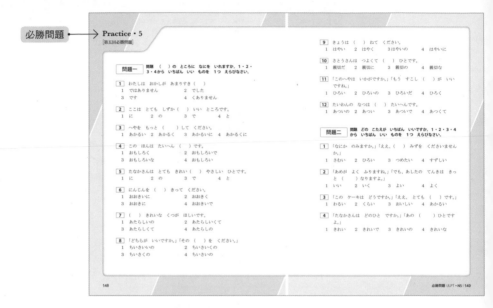

8. 命中考點：像小說中的謎題一一解鎖！——接下來，我們帶您走進模擬考場，這可不是玩鬧的時候了！書末的章節中，我們準備了3場超真實的模擬考題，每一題都像是懸疑小說中的謎題，等待您一一解鎖。這些題目由我們的日語能力測驗專家親自編寫，精心設計，完全契合最新版的日檢考試標準。我們也為您提供了詳細的解題分析，幫您一一攻破考試的重點困難！

透過這些模擬題，您不僅可以立即了解自己的學習效果，還能洞察考試的全貌，讓您有更強的實戰應對能力。彷彿您已經參加了一場完美的考試訓練班！

如果您迫不及待想挑戰全方位的模擬考題，我們強烈推薦您使用《絕對合格攻略！新日檢6回全真模擬N5寶藏題庫＋通關解題》，這可是練兵備戰的絕佳選擇！

問題說明
應試訣竅 →

模擬考題 →

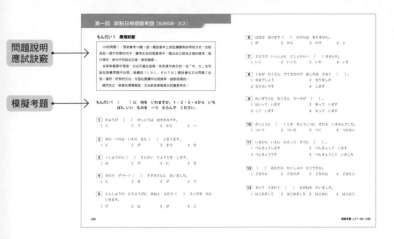

9. **聽力致勝：本書有大招靠眼睛看文字，還得靠耳朵辨音哦！**—嘿，別以為學日文只是學點文字，聽力也超重要！本書可是有大招，所有的日文句子都是由日籍專業老師來示範的，我們保證，發音、語調，統統對標 N5 新制考試標準。

不僅如此，您會在學文法的同時，順便熟悉 N5 程度的發音，這可不是光靠眼睛看文字，還得靠耳朵辨音哦！這樣一來，您不僅聽得懂，還能懂得更多，思考也更靈活，日文基礎也會更結實。您想要合格的證書嗎？那就一起來提升您的聽力技能吧！

要是您還想更上一層樓，我們極力推薦搭配《精修版新制對應輕鬆過關！日檢必背聽力 N5》，這可是您通往更璀璨未來的快車道！別再猶豫了，聽力致勝，未來無限！

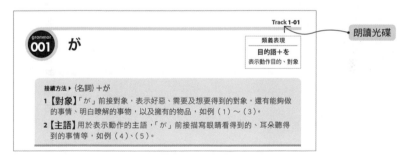

朗讀光碟

最後，

在這趟精進日文的旅途中，只需些微改變，就能讓您的日文水平飆升！別停下腳步，持之以恆，結果將會迥然不同。本書將一路陪伴您走過準備考試的旅程，一起見證學習的神奇魔法！而且，我們還附贈了線上音檔讓您能夠充分利用通勤、品茶時光等零碎時間來學習，學習都將如影隨形！怎麼學，怎麼考，只要堅持，成功必屬於您！

目録
contents

詞性說明

詞　性	定　義	例（日文／中譯）
名詞	表示人事物、地點等名稱的詞。有活用。	門^{もん}（大門）
形容詞	詞尾是い。說明客觀事物的性質、狀態或主觀感情、感覺的詞。有活用。	細^{ほそ}い（細小的）
形容動詞	詞尾是だ。具有形容詞和動詞的雙重性質。有活用。	静^{しず}かだ（安靜的）
動詞	表示人或事物的存在、動作、行為和作用的詞。	言^いう（說）
自動詞	表示的動作不直接涉及其他事物。只說明主語本身的動作、作用或狀態。	花^{はな}が咲^さく（花開。）
他動詞	表示的動作直接涉及其他事物。從動作的主體出發。	母^{はは}が窓^{まど}を開^あける（母親打開窗戶。）
五段活用	詞尾在ウ段或詞尾由「ア段＋る」組成的動詞。活用詞尾在「ア、イ、ウ、エ、オ」這五段上變化。	持^もつ（拿）
上一段活用	「イ段＋る」或詞尾由「イ段＋る」組成的動詞。活用詞尾在イ段上變化。	見^みる（看） 起^おきる（起床）
下一段活用	「エ段＋る」或詞尾由「エ段＋る」組成的動詞。活用詞尾在エ段上變化。	寝^ねる（睡覺） 見^みせる（讓…看）
變格活用	動詞的不規則變化。一般指力行「来る」、サ行「する」兩種。	来^くる（到來） する（做）
力行變格活用	只有「来る」。活用時只在力行上變化。	来^くる（到來）
サ行變格活用	只有「する」。活用時只在サ行上變化。	する（做）
連體詞	限定或修飾體言的詞。沒活用，無法當主詞。	どの（哪個）
副詞	修飾用言的狀態和程度的詞。沒活用，無法當主詞。	余^{あま}り（不太…）

詞　性	定　義	例（日文／中譯）
副助詞	接在體言或部分副詞、用言等之後，增添各種意義的助詞。	も（也…）
終助詞	接在句尾，表示説話者的感嘆、疑問、希望、主張等語氣。	か（嗎）
接續助詞	連接兩項陳述內容，表示前後兩項存在某種句法關係的詞。	ながら（邊…邊…）
接續詞	在段落、句子或詞彙之間，起承先啟後的作用。沒活用，無法當主詞。	しかし（然而）
接頭詞	詞的構成要素，不能單獨使用，只能接在其他詞的前面。	御<ruby>お</ruby>（貴〈表尊敬及美化〉）
接尾詞	詞的構成要素，不能單獨使用，只能接在其他詞的後面。	～枚<ruby>まい</ruby>（…張〈平面物品數量〉）
寒暄語	一般生活上常用的應對短句、問候語。	お願<ruby>ねが</ruby>いします（麻煩…）

▶ 形容詞・形容動詞

活 用	形容詞（い形容詞）	形容動詞（な形容詞）
形容詞基本形	おおきい	きれいだ
形容詞詞幹	おおき	きれい
形容詞詞尾	い	だ
形容詞否定形	おおきくない	きれいでない
形容詞た形	おおきかった	きれいだった
形容詞て形	おおきくて	きれいで
形容詞普通形	おおきい おおきくない おおきかった おおきくなかった	きれいだ きれいではない きれいだった きれいではなかった
形容詞丁寧形	おおきいです おおきくありません おおきくないです おおきくありませんでした おおきくなかったです	きれいです きれいではありません きれいでした きれいではありませんでした

▶ 名詞

活 用	名 詞
名詞普通形	あめだ あめではない あめだった あめではなかった
名詞丁寧形	あめです あめではありません あめでした あめではありませんでした

▶ 動詞

活 用	五 段	一 段	カ 変	サ 変
動詞基本形 (動詞辭書形)	書く	集める	来る	する
動詞詞幹	書	集	0 (無詞幹詞尾區別)	0 (無詞幹詞尾區別)
動詞詞尾	く	める	0	0
動詞否定形	書かない	集めない	こない	しない
動詞ます形	書きます	集めます	きます	します
動詞た形	書いた	集めた	きた	した
動詞て形	書いて	集めて	きて	して
動詞命令形	書け	集めろ	こい	しろ
動詞意向形	書こう	集めよう	こよう	しよう
動詞普通形	行く 行かない 行った 行かなかった	集める 集めない 集めた 集めなかった	くる こない きた こなかった	する しない した しなかった
動詞丁寧形	行きます 行きません 行きました 行きませんでした	集めます 集めません 集めました 集めませんでした	きます きません きました きませんでした	します しません しました しませんでした

★ 步驟一：沿著虛線剪下《速記表》，並且用你喜歡的方式裝訂起來！

★ 步驟二：請在「讀書計劃」欄中填上日期，依照時間安排按部就班學習，每完成一項，就用螢光筆塗滿格子，看得見的學習，效果加倍！

詞性	文 法	中 譯（功能）	讀書計畫
助詞	が	表對象；表主語	
	〔疑問詞〕＋が	表疑問詞主語	
	が（逆接）	但是…	
	が（前置詞）	作為開場白使用	
	〔目的語〕＋を	表目的或對象	
	〔通過・移動〕＋を＋自動詞	表通過、移動	
	〔離開點〕＋を	表離開場所	
	〔場所〕＋に	有…、在…	
	〔到達點〕＋に	到…、在…	
	〔時間〕＋に	在…	
	〔目的〕＋に	去…、到…	
	〔對象（人）〕＋に	給…、跟…	
	〔對象（物・場所）〕＋に	…到、對…、在…、給…	
	〔時間〕＋に＋〔次數〕	…之中、…內	
	〔場所〕＋で	在…	
	〔方法・手段〕＋で	用…；乘坐…	
	〔材料〕＋で	用…	
	〔狀態・情況〕＋で	在…、以…	
	〔理由〕＋で	因為…	
	〔數量〕＋で＋〔數量〕	共…	
	〔場所・方向〕へ（に）	往…、去…	
	〔場所〕へ／（に）〔目的〕に	到…（做某事）	
	名詞＋と＋名詞	…和…、…與…	
	名詞＋と＋おなじ	和…一樣的、和…相同的	
	〔對象〕と	跟…一起；跟…	
	〔引用內容〕と	説…、寫著…	
	から～まで、まで～から	從…到…	
	〔起點（人）〕から	從…、由…	
	から（原因）	因為…	
	ので（原因）	因為…	

詞性	文 法	中 譯	讀書計畫
助詞	や（並列）	…和…	
	や～など	和…等	
	名詞＋の＋名詞	…的…	
	名詞＋の	…的	
	名詞＋の（名詞修飾主語）	表名詞修飾主詞	
	は～です（主題）	…是…	
	は～ません（否定）	表否定	
	は～が（狀態對象）	表狀態的對象	
	は～が、～は～（對比）	但是…	
	も	…也…、都…	
	も（數量）	竟、也	
	疑問詞＋も＋否定（完全否定）	也（不）…	
	には、へは、とは	表強調	
	にも、からも、でも	表強調	
	ぐらい、くらい	大約、左右、上下；和…一樣…	
	だけ	只、僅僅	
	じゃ	那麼、那	
	しか＋〔否定〕	只、僅僅	
	ずつ	每、各	
	か（選擇）	或者…	
	か～か～（選擇）	…或是…	
	〔疑問詞〕＋か	表不明確的	
	〔句子〕＋か	嗎、呢	
	〔句子〕＋か、〔句子〕＋か	是…，還是…	
	〔句子〕＋ね	…喔、…呀、…嗎、…呢	
	〔句子〕＋よ	…喔	
接尾詞	じゅう	…期間；…內	
	ちゅう	…中、正在…	
	たち、がた、かた	…們	
	ごろ	左右	
	すぎ、まえ	過…、…多；差…、…前	
	かた	…法、…樣子	

詞性	文 法	中 譯	讀書計畫
疑問詞	なに、なん	什麼…	
	だれ、どなた	誰；哪位…	
	いつ	何時、幾時	
	いくつ（個數、年齡）	幾個、多少；幾歲	
	いくら	多少	
	どう、いかが	如何、怎麼樣	
	どんな	什麼樣的	
	どのぐらい、どれぐらい	多（久）…	
	なぜ、どうして	為什麼	
	なにか、だれか、どこか	某些、什麼；某人；去某地方	
	なにも、だれも、どこへも	也（不）…、都（不）…	
指示詞	これ、それ、あれ、どれ	這個；那個；那個；哪個	
	この、その、あの、どの	這…；那…；那…；哪…	
	ここ、そこ、あそこ、どこ	這裡；那裡；那裡；哪裡	
	こちら、そちら、あちら、どちら	這邊、這位；那邊、那位；那邊、那位；哪邊、哪位	
形容詞	形容詞（現在肯定／現在否定）	客觀事物的狀態或主觀感情；前項的否定形	
	形容詞（過去肯定／過去否定）	過去的事物狀態、過去的感覺；前項的否定形	
	形容詞く＋て	表示停頓及並列；理由、原因	
	形容詞く＋動詞	表修飾動詞	
	形容詞＋名詞	…的…	
	形容詞＋の	表替代名詞	
形容動詞	形容動詞（現在肯定／現在否定）	說明事物性質與狀態；前項的否定形	
	形容動詞（過去肯定／過去否定）	過去的事物性質與狀態、過去的感覺與感情；前項的否定形	
	形容動詞で	表停頓及並列；理由、原因	
	形容動詞に＋動詞	表修飾動詞	
	形容動詞な＋名詞	…的…	
	形容動詞な＋の	表替代名詞	

詞性	文　法	中　譯	讀書計畫
動詞	動詞（現在肯定／現在否定）	人或事物的存在；習慣；計畫；前項的否定形	
	動詞（過去肯定／過去否定）	過去的存在、行為和作用；前項的否定形	
	動詞（基本形）	用在關係親近的人之間的基本辭書形	
	動詞＋名詞	…的…	
	が＋自動詞	表無人為意圖發生的動作	
	を＋他動詞	表有人為意圖發生的動作	
	動詞＋て	表原因；表並舉動作或狀態；表動作進行；表方法、手段；表對比	
	〔動詞＋ています〕（動作進行中）	表動作進行中	
	〔動詞＋ています〕（習慣性）	表習慣	
	〔動詞＋ています〕（工作）	表職業	
	〔動詞＋ています〕（結果或狀態的持續）	表結果或狀態的持續	
	動詞ないで	沒…就…；沒…反而…、不做…，而做…	
	動詞なくて	因為沒有…、不…所以…	
	自動詞＋ています	…著、已…了	
	他動詞＋てあります	…著、已…了	
句型	名詞をください	我要…、給我…	
	動詞てください	請…	
	動詞ないでください	請不要…	
	動詞てくださいませんか	能不能請您…	
	動詞ましょう	做…吧	
	動詞ましょうか	我來…吧、我們…吧	
	動詞ませんか	要不要…吧	
	名詞がほしい	…想要…	
	動詞たい	…想要…	
	とき	…的時候…	
	動詞ながら	一邊…一邊…	
	動詞てから	先做…，然後再做…；從…	
	動詞たあとで、動詞たあと	…以後…	
	名詞＋の＋あとで、名詞＋の＋あと	…後	

詞性	文　法	中　譯	讀書計畫
句型	動詞まえに	…之前，先…	
	名詞＋の＋まえに	…前	
	でしょう	也許…、可能…、大概…吧；…對吧	
	動詞たり～動詞たりします	又是…，又是…；有時…，有時…	
	形容詞く＋なります	變…	
	形容動詞に＋なります	變成…	
	名詞に＋なります	變成…	
	形容詞く＋します	使變成…	
	形容動詞に＋します	使變成…	
	名詞に＋します	讓…變成…、使其成為…	
	のだ	表客觀地對話題的對象、狀況進行說明	
	もう＋肯定	已經…了	
	もう＋否定	已經不…了	
	まだ＋肯定	還…；還有…	
	まだ＋否定	還（沒有）…	
	という名詞	叫做…	
	つもり	打算、準備	
	をもらいます	取得、要、得到	
	に～があります／います	…有…	
	は～にあります／います	…在…	
	は～より	…比…	
	より～ほう	…比…、比起…，更…	
	ほうがいい	最好…、還是…為好	
副詞	あまり～ない	不太…	

MEMO

N5
1. 助詞

grammar 001　が

接續方法▶ {名詞}＋が

1【對象】「が」前接對象，表示好惡、需要及想要得到的對象，還有能夠做的事情、明白瞭解的事物，以及擁有的物品，如例（1）～（3）。

2【主語】用於表示動作、狀態的主語，「が」前接描寫眼睛看得到的、耳朵聽得到的事情等，如例（4）、（5）。

話題　　　　對象　　能力等……擁有、好惡等的對象
↓　　　　　↓　　　　　　↓

例1 あの 人(ひと)は お金(かね)が あります。

那個人有錢。

那位女孩剛從銀行領了錢出來。

用「が」表示，「あります」（擁有）的是前面的「お金(かね)」（錢）。

が

---

2 お菓子(かし)を 作(つく)るので 砂糖(さとう)が いります。

我想製作甜點，因此需要用到砂糖。

3 私(わたし)は あなたが 好(す)きです。

我喜歡你。

4 風(かぜ)が 吹(ふ)いて います。

風正在吹。

5 部屋(へや)に テレビが あります。

房間裡有電視機。

grammar 002 〔疑問詞〕＋が

類義表現
疑問詞＋も （完全否定）
都（不）…

接續方法▶ {疑問詞}＋が

【疑問詞主語】當問句使用「どれ、いつ、どの人、だれ」等疑問詞作為主語時，主語後面會接「が」。

疑問詞（主語）說明……疑問詞主語
↓　　　　　　　↓

例1 この　絵は　誰が　描きましたか。

這幅畫是誰畫的？

> 看到「が」前面接的主語，用的是疑問詞「誰」，原來是不知道是誰畫的囉！

> 哇！這構圖跟顏色！真是太創新了！畫得真好，是誰畫的呢？

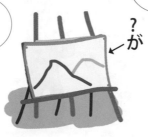

?
←が

---

2 どの　人が　吉川さんですか。

請問哪一位是吉川先生呢？

3 どこが　痛いですか。

哪裡痛嗎？

4 どれが　人気が　ありますか。

哪一個比較受歡迎呢？

5 何が　食べたいですか。

想吃什麼嗎？

grammar 003 が

但是…

類義表現
けど
可是、但是

接續方法 ▶ {名詞です（だ）；形容動詞詞幹だ；形容詞・動詞丁寧形（普通形）}＋が

【逆接】表示連接兩個對立的事物，前句跟後句內容是相對立的。

連接兩個對立的事物

前句　　　　　　　後句……逆接

例1 母は　背が　高いですが、父は　低いです。

媽媽身高很高，但是爸爸很矮。

媽媽以前是名模，身材高挑，比爸爸還高呢！

這裡的「が」表示逆接，可以連接兩個內容相反的事物喔！

2 あの　レストランは、おいしいですが　高いです。

那家餐廳雖然餐點美味，但是價格昂貴。

3 日本語は　難しいですが、面白いです。

日語雖然很難學，但是很有趣。

4 作文は　書きましたが、まだ　出して　いません。

作文雖然寫完了，但是還沒交出去。

5 鶏肉は　食べますが、牛肉は　食べません。

我吃雞肉，但不吃牛肉。

grammar
004 **が**

類義表現
けど（前置詞）
作為開場白使用

接續方法▶ {句子}＋が

【前置詞】在向對方詢問、請求、命令之前，作為一種開場白使用。

前置詞……開場白
↓

例1 **失礼ですが、鈴木さんでしょうか。**

不好意思，請問是鈴木先生嗎？

部長説今天早上會有一位男士來訪，應該是那位先生吧！趕快上前招呼一下。

想請教人家就要先致意一下，這裡用「が」表示開場白（提醒）。後句「鈴木さんでしょうか」敘述的是主要的內容。

---

2 もしもし、山本ですが、水下さんは いますか。

喂，我是山本，請問水下先生在嗎？

3 明日の パーティーですが、1時からですよね。

關於明天的派對，是從一點開始舉行，對吧？

4 この 前の 話ですが、小島さんにも 言いましたか。

關於上次那件事，也告訴小島先生了嗎？

5 すみませんが、少し 静かに して ください。

不好意思，請稍微安靜一點。

〔目的語〕＋を

類義表現

對象（人）＋に
表示動作、作用的對象（人）

接續方法▶ {名詞}＋を

【目的】「を」用在他動詞（人為而施加變化的動詞）的前面，表示動作的目的或對象。「を」前面的名詞，是動作所涉及的對象。

對象（事物）　行為……行為的對象
　↓　　　　　　↓

例1　顔を　洗います。
　　　洗臉。

「を」前面的「顔」（臉），是後接動詞「洗います」的對象。也就是洗的是臉啦！

洗臉要用流動的水，才能洗乾淨。洗臉的目的是為了清潔，是人為而施加變化的，所以用他動詞「洗います」（洗滌）。

を

---

2 パンを　食べます。

吃麵包。

---

3 洗濯を　します。

洗衣服。

---

4 日本語の　手紙を　書きます。

寫日文書信。

---

5 テレビを　30分　見ました。

看了三十分鐘的電視。

〔通過・移動〕＋を＋自動詞

接續方法▶ {名詞}＋を＋{自動詞}

1【移動】接表示移動的自動詞，像是「歩く（走）、飛ぶ（飛）、走る（跑）」等，如例（1）～（3）。

2【通過】用助詞「を」表示經過或移動的場所，而且「を」後面常接表示通過場所的自動詞，像是「渡る（越過）、通る（經過）、曲がる（轉彎）」等，如例（4）、（5）。

通過、移動場所　行為（自動詞）……經過或移動的場所
　　↓　　　　　　　　↓

例1 学生が　道を　歩いて　います。
學生在路上走著。

> 學生經過的地方是道路用「を」表示，後接的「歩きます」是具有移動性質的自動詞喔！

> 這附近名校雲集，許多大學生都會經過這條路上學喔！

←を

2 飛行機が　空を　飛んで　います。
飛機在空中飛。

3 週に　3回、うちの　近くを　5キロぐらい　走ります。
每星期三次，在我家附近跑五公里左右。

4 車で　橋を　渡ります。
開車過橋。

5 この　バスは　映画館の　前を　通りますか。
請問這輛巴士會經過電影院門口嗎？

比　較

「を」→表示經過的場所。「公園を散歩します。」「を」有通過後的軌跡的印象。

「で」→表示所有的動作都在那一場所做。「公園で　休みます」（在公園休息）。

grammar 007 〔離開點〕＋を

類義表現
場所＋から
從…

接續方法▶{名詞}＋を

【起點】動作離開的場所用「を」。例如，從家裡出來，學校畢業或從車、船及飛機等交通工具下來。

離開點　　　行為……動作離開的場所
↓　　　　　↓

例1 7時に 家を 出ます。

七點出門。

> 「を」前面接的是離開的地點「家」。這時候，後面要接具有離去性質的自動詞，「出ます」就是啦！

> 糟了！今天第一天上課快遲到了！七點了得快出門了！

---

2 学校を 卒業します。

從學校畢業。

---

3 ここで バスを 降ります。

在這裡下公車。

---

4 部屋を 出て ください。

請離開房間。

---

5 席を 立ちます。

從椅子上站起來。

〔場所〕＋に

1.在…、有…；2.在…嗎、有…嗎；3.有…

類義表現

場所＋で
有…、在…

接續方法▶ {名詞}＋に

1【場所】「に」表示存在的場所。表示存在的動詞有「います、あります」(有、在)，「います」用在自己可以動的有生命物體的人，或動物的名詞，如例（1）、（2）。

2〖いますか〗「います＋か」表示疑問，是「有…嗎？」「在…嗎？」的意思，如例（3）。

3〖無生命－あります〗自己無法動的無生命物體名詞用「あります」，如例（4）、（5）。

場所　　　有生命物　　　行為……某人或物存在的場所
　↓　　　　　↓　　　　　↓

例1 木の 下に 妹が います。
妹妹在樹下。

小妹又跑到公園樹下玩了！「に」前面接場所「木の下」（樹下），表示妹妹存在的地方。

に→

用「が」表示存在的物體，因為是有生命的「妹」，所以用「います」。

2 神戸に 友達が います。
我有朋友住在神戶。

3 池の 中に 魚は いますか。
池子裡有魚嗎？

4 部屋に テレビが あります。
房間裡有電視機。

5 本棚の 右に 椅子が あります。
書架的右邊有椅子。

grammar 009 〔到達點〕＋に

到…、在…

接續方法▶ {名詞}＋に

【到達點】 表示動作移動的到達點。

到達點　　　　行為……動作的到達點
↓　　　　　　　↓

例1 お風呂に 入ります。
去洗澡。

> 「に」前面接場所「お風呂」（浴缸），那是「入ります」（進入）這個動作的到達點喔！

> 喔喔…真舒服！今天的工作真累人，泡個澡來放鬆紓壓一下！

---

2 今日 成田に 着きます。
今天會抵達成田。

3 私は 椅子に 座ります。
我坐在椅子上。

4 ここで タクシーに 乗ります。
在這裡搭計程車。

5 手を 上に 挙げます。
把手舉起來。

比 較

「**に**」→動作的到達點。

「**を**」→動作的起點、離開點。

grammar 010 〔時間〕＋に

在…

接續方法 ▶ {時間詞}＋に

【時間】 寒暑假、幾點、星期幾、幾月幾號做什麼事等。表示動作、作用的時間就用「に」。

時間點　　　　行為……動作、作用
　↓　　　　　　　↓

例 1 夏休みに　旅行します。
なつやす　　　りょこう

暑假會去旅行。

某天接到了一通電話，哇！我們抽中了夏威夷5日遊耶！

時間是？看「に」表示動作進行的時間，也就是「旅行します」這個動作，是在「夏休み」（暑假）喔！

に → ☺夏休み☺

---

2 金曜日に　友達と　会います。
きんよう び　　ともだち　あ

將於星期五和朋友見面。

3 7月に　日本へ　来ました。
しちがつ　にほん　き

在七月時來到了日本。

4 9日に　横浜へ　行きます。
ここのか　よこはま　い

將於九號去橫濱。

5 今日中に　送ります。
きょうじゅう　おく

今天之內會送過去。

比 較

要接「に」
→8時、10日、9月、
はちじ　とおか　くがつ
2019年…
にせんじゅうきゅう ねん

不接「に」
→今日、毎日、今週、来月、
きょう　まいにち　こんしゅう　らいげつ
去年…
きょねん

接不接都可以
→昼、晩、日曜日…
ひる　ばん　にちよう び

〔目的〕＋に

去…、到…

類義表現

目的語＋を
表示動作的目的或對象

接續方法▶ {動詞ます形；する動詞詞幹}＋に

【目的】表示動作、作用的目的、目標。

```
     目的          行為……動作的目的
      ↓             ↓
```

例1 海へ 泳ぎに 行きます。
去海邊游泳。

夏天到了，買了好多迷人、可愛的比基尼，準備跟朋友去海邊玩耍、游泳！

に

「に」表示，後接動作「行きます」（去）的移動目的是「泳ぎ」（游泳）喔！

---

2 図書館へ 勉強に 行きます。
去圖書館唸書。

3 東北へ 遊びに 行きます。
將要去東北旅遊。

4 今から 旅行に 行きます。
現在要去旅行。

5 今度の 土曜日、映画を 見に 行きます。
這個星期六要去看電影。

〔對象（人）〕＋に

給…、跟…

接續方法 ▶ {名詞}＋に

【對象－人】表示動作、作用的對象。

人（對象）　事物　　　　行為……動作的對象
　↓　　　　　↓　　　　　　↓

例1　弟に　メールを　出しました。

寄電子郵件給弟弟了。

「に」前面接「弟」，表示「メールを出しました」（發了電子郵件），這個動作的對象，也就是接電子郵件的是「弟」了！

拼著一口氣一個人到日本留學，為了省錢，都是發電子郵件給台灣的老弟，要他代為報平安的。

に

2　鎌田さんに　ペンを　渡しました。

把筆遞給了鎌田先生。

3　友達に　電話を　かけます。

打電話給朋友。

4　彼女に　花を　あげました。

送了花給女朋友。

5　花屋で　友達に　会いました。

在花店遇到了朋友。

比　較
「に」→單一方給另一方的動作。
「と」→結婚啦！吵架啦！一個人沒辦法做的雙方相互的動作。

grammar 013 〔對象（物・場所）〕＋に

…到、對…、在…、給…

接續方法 ▶ {名詞}＋に

【對象－物・場所】「に」的前面接物品或場所，表示施加動作的對象，或是施加動作的場所、地點。

對象（物・場所）　　　　行為……動作、作用
↓　　　　　　　　　　　↓

例1 家に　電話を　かけます。

打電話回家。

← に

「に」前面接「家」（家），表示「電話をかけます」（打電話）這一動作的場所。

在異鄉工作，突然好想念爸媽的聲音，打個電話回家問問他們好不好吧！

---

2 花に　水を　やります。

給花澆水。

3 紙に　火を　つけます。

在紙上點火燃燒。

4 ノートに　平仮名を　書きます。

在筆記本上寫平假名。

5 弟に　100円　貸します。

借給弟弟一百圓。

〔時間〕＋に＋〔次數〕

…之中、…內

類義表現

數量＋で＋數量
共…

接續方法▶ {時間詞}＋に＋{數量詞}

【範圍內次數】表示某一範圍內的數量或次數，「に」前接某時間範圍，後面則為數量或次數。

時間範圍　　數量、次數　　　　　行為……某範圍內的次數

例1 一日に　２時間ぐらい、勉強します。
一天大約唸兩小時書。

「に」前接時間詞，表示某一時間範圍內，後接數量詞表示進行動作的次數或時間。原來是一天之中，唸2小時書了。

課前預習和課後複習都很重要的喔！如果考試前才臨時抱佛腳，就沒辦法保持前三名啦！

に

カリカリ…

2 この　薬は、１日に　３回　飲んで　ください。
這種藥請一天吃三次。

3 会社は　週に　２日　休みです。
公司是週休二日。

4 月に　２回、サッカーを　します。
每個月踢兩次足球。

5 半年に　一度、国に　帰ります。
半年回國一次。

數字1~20的唸法

1 〜 10			11 〜 20	
1	いち	ひとつ	11	じゅういち
2	に	ふたつ	12	じゅうに
3	さん	みっつ	13	じゅうさん
4	し／よん／よ	よっつ	14	じゅうし／じゅうよん
5	ご	いつつ	15	じゅうご
6	ろく	むっつ	16	じゅうろく
7	しち／なな	ななつ	17	じゅうしち／じゅうなな
8	はち	やっつ	18	じゅうはち
9	きゅう／く	ここのつ	19	じゅうきゅう／じゅうく
10	じゅう	とお	20	にじゅう

※ 1 〜 10 有兩種以上的唸法，而 11 以上的唸法則會因使用的場合、習慣等而
　有所不同。
※「0」唸「ゼロ」或「れい」。

數字10到9000的唸法

10 〜 90		100 〜 900		1000 〜 9000	
10	じゅう	100	ひゃく	1000	せん
20	にじゅう	200	にひゃく	2000	にせん
30	さんじゅう	300	さんびゃく	3000	さんぜん
40	よんじゅう	400	よんひゃく	4000	よんせん
50	ごじゅう	500	ごひゃく	5000	ごせん
60	ろくじゅう	600	ろっぴゃく	6000	ろくせん
70	ななじゅう	700	ななひゃく	7000	ななせん
80	はちじゅう	800	はっぴゃく	8000	はっせん
90	きゅうじゅう	900	きゅうひゃく	9000	きゅうせん

數字10到9000的唸法

	一万	十万	百万	千万	一億
唸法	いちまん	じゅうまん	ひゃくまん	せんまん	いちおく

〔場所〕＋で

在…

接續方法 ▶ {名詞}＋で

【場所】動作進行或發生的場所，是有意識地在某處做某事。「で」的前項為後項動作進行的場所。不同於「を」表示動作所經過的場所，「で」表示所有的動作都在那一場所進行。

```
    場所        對象           行為……場所
     ↓          ↓              ↓
例1 家で    テレビを     見ます。
    在家看電視。
```

> 「で」前接「家」，表示「テレビを見ます」（看電視）這個動作是在「家」進行的。

> 哇！！在日本每天可以在家看到更多不同的日劇耶！剛到日本時好興奮喔！

2 玄関で　靴を　脱ぎました。
在玄關脱了鞋子。

3 郵便局で　手紙を　出します。
在郵局寄信。

4 自分の　部屋で　勉強します。
在自己的房間裡用功研習。

5 ベッドで　寝ます。
在床上睡覺。

比　較
「で」→表示所有的動作都在那一場所進行。
「を」→表示動作所經過的場所。「道を　歩きます。」（走路）。

grammar
016

〔方法・手段〕＋で

1. 用…；2. 乘坐…

類義表現

動詞＋て
表示行為的方法或手段

接續方法▶ {名詞}＋で

1【手段】 表示動作的方法、手段，也就是利用某種工具去做某事，如例（1）～（3）。

2【交通工具】 是使用的交通工具，如例（4）、（5）。

道具等
↓
行為……使用的道具、手段
↓

例1 鉛筆で　絵を　描きます。

用鉛筆畫畫。

我弟弟從小就喜歡畫圖，動物素描可是他最擅長的喔！

「絵を描きます」（畫圖）這個動作用的道具是什麼呢？看「で」前面，原來是「鉛筆」。

2 箸で　ご飯を　食べます。

用筷子吃飯。

3 その　ことは　新聞で　知りました。

我是從報上得知了那件事的。

4 毎日、自転車で　学校へ　行きます。

每天都騎自行車上學。

5 新幹線で　京都へ　行きます。

搭新幹線去京都。

〔材料〕＋で

1. 用⋯；2. 用什麼

接續方法▶ {名詞}＋で

1【材料】 製作什麼東西時，使用的材料。如例（1）～（4）。

2〔詢問─何で〕 詢問製作的材料時，前接疑問詞「何なに＋で」。如例（5）。

材料　　　成品　　　　行為……使用的材料
　↓　　　　　↓　　　　　　　↓

例1 トマトで　サラダを　作つくります。
用蕃茄做沙拉。

> 這沙拉看起來好好吃的樣子，這是什麼食材做的呢？

> 看「で」前面，原來是「トマト」（蕃茄）呢！

で

2 木きで　椅子いすを　作つくりました。
用木頭做了椅子。

3 砂すなで　お城しろを　作つくります。
用沙子堆一座城堡。

4 日に本ほんの　お酒さけは　お米こめで　作つくります。
日本酒是以米釀製而成的。

5 この　お酒さけは　何なにで　作つくった　お酒さけですか。
這酒是用什麼做的？

比 較

「で」→原料和成品之間沒有起
化學變化。

「から」→原料和成品之間有起
化學變化。

grammar 018 〔狀態・情況〕＋で

在…、以…

接續方法▶ {名詞}＋で

【狀態】表示動作主體在某種狀態、情況下做後項的事情，如例（1）、（2）。
也表示動作、行為主體在多少數量的狀態下，如例（3）～（5）。

狀態 　　　　　　　行為……表狀態
↓ 　　　　　　　　　　　↓

例1 笑顔で　写真を　撮ります。
展開笑容拍照。

「で」前接狀態，表示「写真を撮
ります」（拍照）的這一動作，是
在展開「笑顔」（笑容）的狀態下
進行的。

攝影師説：來，1、2、
3，西瓜甜不甜？

2 スカートで　自転車に　乗ります。
穿著裙子騎自行車。

3 一人で　旅行します。
一個人去旅行。

4 みんなで　どこへ　行くのですか。
大家要一起去哪裡呢？

5 17歳で　大学に　入ります。
在十七歲時進入大學就讀。

〔理由〕＋で

因為…

類義表現

ので
因為…

接續方法 ▶ {名詞}＋で

【理由】「で」的前項為後項結果的原因、理由，是一種造成某結果的客觀、直接原因。

原因 → 　結果……理由 →

例1 風で 窓が 開きました。
窗戶被風吹開了。

為什麼「窓が開きました」（窗戶開了）？這一狀態的原因，看「で」前面，原來是被「風」吹開了。

咦！窗戶怎麼開了？

2 雪で 電車が 遅れました。
大雪導致電車誤點了。

3 地震で エレベーターが 止まりました。
電梯由於地震而停下來了。

4 仕事で 疲れました。
工作把我累壞了。

5 風邪で 頭が 痛いです。
由於感冒而頭痛。

〔数量〕＋で＋〔数量〕

共…

類義表現
も（数量） 竟…，也…

接續方法▶ {数量詞}＋で＋{数量詞}

【数量】「で」的前後可接數量、金額、時間單位等表示數量的合計、總計或總和。

数量　　　　　数量（總和）……數量的總和
　↓　　　　　　　↓

例1 たまごは　6個で　300円です。

雞蛋6個300日圓。

> 日本東西貴，有時候買稍微貴一點的，就好像賭命一樣。今天到超市，想買6個蛋，看看多少錢？

> で

> 「で」前面是雞蛋的數量「6個」，後面是數量的總和，也就是6個總共是「300円」啦！

300円

---

2 二人で　13個食べました。

兩個人吃了十三個。

---

3 3本で　100円です。

三條總共一百日圓。

---

4 1時間で　7,000円です。

一個小時收您七千日圓。

---

5 1日で　7ページ　勉強しました。

一天研讀了七頁。

〔場所・方向〕へ（に）

grammar 021

往…、去…

類義表現
まで
到…（動作的範圍）

接續方法▶ {名詞}＋へ（に）

1【方向】前接跟地方有關的名詞，表示動作、行為的方向，也指行為的目的地，如例（1）～（3）。

2〔可跟に互換〕可跟「に」互換，如例（4）、（5）。

目的地　　　　　　行為……動作行為的方向
　↓　　　　　　　　↓

例1 電車で　学校へ　来ました。

搭電車來學校。

「来ました」（來）這個動作的目的地或方向在哪裡呢？看「へ」前面，原來是到「學校」。

每天都跟帥哥山田學長，一起搭電車上下課。

2 来月　国へ　帰ります。

下個月回國。

3 友達と　レストランへ　行きます。

和朋友去餐廳。

4 友達の　隣に　並びます。

我排在朋友的旁邊。

5 家に　帰ります。

要回家。

〔場所〕へ／（に）〔目的〕に

到…（做某事）

類義表現
ため（に）
以…為目的，
做…、為了…

接續方法▶ {名詞}＋へ（に）＋{動詞ます形；する動詞詞幹}＋に

1〖サ変→語幹〗遇到サ行變格動詞（如：散歩します），除了用動詞ます形，也常把「します」拿掉，只用語幹，如例（1）。

2【目的】表示移動的場所用助詞「へ」（に），表示移動的目的用助詞「に」。「に」的前面要用動詞ます形，如例（2）～（5）。

場所　　　　目的　　　　行為……到某場所做某事
↓　　　　　↓　　　　　↓

例1 公園へ　散歩に　行きます。
去公園散步。

「行きます」（去）這個移動的場所用「へ」表示，原來是「公園」。至於目的呢？看「に」前面就知道是「散歩」啦！

喔喔～那就是代代木公園耶！去散步一下。

2 図書館へ　本を　返しに　行きます。
去圖書館還書。

3 日本へ　すしを　食べに　来ました。
特地來到了日本吃壽司。

4 郵便局へ　切手を　買いに　行きます。
要去郵局買郵票。

5 来週　大阪へ　旅行に　行きます。
下星期要去大阪旅行。

名詞＋と＋名詞

…和…、…與…

接續方法▶ {名詞}＋と＋{名詞}

【名詞的並列】表示幾個事物的並列。想要敘述的主要東西，全部都明確地列舉出來。「と」大多與名詞相接。

名詞　　名詞　　行為……幾個事物的並列
↓　　　↓　　　↓

例1 公園に 猫と 犬が います。
公園裡有貓有狗。

公園裡有什麼呢？

看表示幾個事物並列的「と」前後就很清楚啦！是有「猫」（貓）跟「犬」（狗）啦！

と

2 今日の 朝ご飯は パンと 紅茶でした。
今天的早餐是吃麵包和紅茶。

3 いつも 電車と バスに 乗ります。
平常是搭電車跟公車。

4 ケーキと チョコレートが 好きです。
喜歡吃蛋糕和巧克力。

5 京都と 奈良は 近いです。
京都和奈良距離很近。

grammar 024 名詞＋と＋おなじ

1. 和⋯一樣的、和⋯相同的；2. ⋯和⋯相同

類義表現
對象＋と＋いっしょに
跟⋯一起

接續方法▶ {名詞}＋と＋おなじ

1【同樣】 表示後項和前項是同樣的人事物，如例（1）～（3）。

2〖NとN は同じ〗 也可以用「名詞＋と＋名詞＋は＋同じ」的形式，如例（4）、（5）。

事物1 　　　　　　 事物2
　↓ 　　　　　　　　 ↓

例1 これと 同(おな)じ ラジカセを 持(も)って います。

我有和這台一樣的收音機。

去逛二手市集的時候，看到一台二手收音機，跟我家那台從小聽到大的收音機，一模一樣耶！

1500

→ とおなじ

「と同じ」（和⋯一樣的）前接「これ」和後接「ラジカセ」，知道這兩者是一樣的。

2 私(わたし)の 背(せ)は 母(はは)と 同(おな)じ くらいです。

我的身高和媽媽差不多。

3 赤組(あかぐみ)の 点(てん)は 白組(しろぐみ)の 点(てん)と 同(おな)じです。

紅隊的分數和白隊的分數一樣。

4 私(わたし)と 陽子(ようこ)さんは 同(おな)じ クラスです。

我和陽子同班。

5 私(わたし)と 妻(つま)は 同(おな)じ 大学(だいがく)を 出(で)ました。

我和妻子畢業於同一所大學。

025 〔對象〕と

1. 跟…一起；2. 跟…（一起）；3. 跟…

接續方法▶ {名詞}＋と

1【對象】「と」前接一起去做某事的對象時，常跟「一緒に」一同使用，如例（1）。

2〔可省略一緒に〕這個用法的「一緒に」也可省略，如例（2）、（3）。

3〔對象＋と＋一人不能完成的動作〕「と」前接表示互相進行某動作的對象，後面要接一個人不能完成的動作，如結婚、吵架、或偶然在哪裡碰面等等，如例（4）、（5）。

對象　　　　　　　　　　　　　　　行為……一起去做某事的對象
↓　　　　　　　　　　　　　　　　　　　　　↓

例1 家族と　いっしょに　温泉へ　行きます。

和家人一起去洗溫泉。

と

最近天氣冷颼颼的！這個週末一定要去泡溫泉的啦！跟誰一起去泡溫泉呢？

這裡的「と」前面接的是一起做同樣動作（洗溫泉）的對象，從這裡知道是跟「家族」（家人）囉！

---

2 彼女と　晩ご飯を　食べました。

和她一起吃了晚餐。

3 日曜日は　母と　出かけました。

星期天和媽媽出門了。

4 私と　結婚して　ください。

請和我結婚。

5 土曜日は　陳さんと　会いました。

星期六和陳小姐見面了。

比　較

「といっしょに」→
前接一起進行動作的人。這個動作即使一個人也能做。

「と」→
前接互相進行動作的對象。這個動作（如吵架、結婚）一個人不能完成的。

〔引用內容〕と

說…、寫著…

類義表現
という＋名詞
叫做…

接續方法▶ {句子}＋と

【引用內容】 用於直接引用。「と」接在某人說的話，或寫的事物後面，表示說了什麼、寫了什麼。

引用內容　　　　　　　　行為……引用
　↓　　　　　　　　　　　↓

例1 子供が 「遊びたい」と 言って います。

小孩說：「好想出去玩」。

放假天孩子們吵吵鬧鬧的，是在吵什麼呢？

原來是「遊びたい」（想去玩），這裡的「と」前面引用的內容。用括弧括起來表示直接引用小孩說的話喔！

←と

2 テレビで 「今日は 晴れるでしょう」と 言って いました。

電視的氣象預報說了「今日大致是晴朗的好天氣」。

3 彼女から 「来ない」と 聞きました。

我聽她說「她不來」。

4 山田さんは 「家内と 一緒に 行きました」と 言いました。

山田先生說：「我跟太太一起去過了。」

5 両親に 手紙で 「お金を 送って ください」と 頼みました。

向父母寫了信拜託「請寄錢給我」。

から～まで、まで～から

1. 從…到…；2. 到…從…；3. 從…到…；4. 到…從…

接續方法▶ {名詞}＋から＋{名詞}＋まで、{名詞}＋まで＋{名詞}＋から

1【距離範圍】表示移動的範圍，「から」前面的名詞是起點，「まで」前面的名詞是終點，如例（1）、（2）。

2〔まで～から〕表示距離的範圍，也可用「まで～から」，如例（3）。

3【時間範圍】表示時間的範圍，也就是某動作發生在某期間，「から」前面的名詞是開始的時間，「まで」前面的名詞是結束的時間，如例（4）。

4〔まで～から〕表示時間的範圍，也可用「まで～から」，如例（5）。

場所	場所	行為……空間的起點和終點
↓	↓	↓

例1 駅から 郵便局まで 歩きました。
從車站走到了郵局。

> 走路這個動作的空間範圍，用「から」（從）跟「まで」（到）來表示，也就是從「車站」到「郵局」了。

> 走在日本街道，總讓我有心花朵開的感覺。今天有信要寄出去，可以從車站走到郵局，邊走邊散步了。

2 東京から 仙台まで、新幹線は 1万円くらい かかります。
從東京到仙台，搭新幹線列車約需花費一萬日圓。

3 学校まで、うちから 歩いて 30分です。
從我家走到學校是三十分鐘。

4 毎日、朝から 晩まで 忙しいです。
每天從早忙到晚。

5 夕ご飯の 時間まで、今から 少し 寝ます。
現在先睡一下，等吃晚飯的時候再起來。

比較

「から～まで」→
從…到…。時間、場所、數量的範圍。

「までに」→
在…之前。動作的截止期限。

〔起點（人）〕から

從…、由…

類義表現
を
從…

接續方法▶ ｛名詞｝＋から

【起點】表示從某對象借東西、從某對象聽來的消息，或從某對象得到東西等。
「から」前面就是這某對象。

人 　　　　　 對象 　　　　 行為……從某對象得某物
↓ 　　　　　 ↓ 　　　　　 ↓

例1 山田さんから 時計を 借りました。

我向山田先生借了手錶。

明天要考試，不帶個
錶不行，跟山田先生
借一下。

這隻錶是跟誰借的呢？
看「から」（從）前面，
原來是山田先生。

から

---

2 私から 電話します。

由我打電話過去。

3 昨日 図書館から 本を 借りました。

昨天跟圖書館借了本書。

4 小野さんから 面白い話を 聞きました。

從小野先生那裏聽來了很有意思的事。

5 友達から 車を 買いました。

向朋友買了車子。

から

因為…

類義表現

動詞＋て
表示原因

接續方法▶ {形容詞・動詞普通形}＋から；{名詞；形容動詞詞幹}＋だから

【原因】 表示原因、理由。一般用於説話人出於個人主觀理由，進行請求、命令、希望、主張及推測，是種較強烈的意志性表達。

原因　　　　對象　　　　　行為……原因
　↓　　　　　↓　　　　　　　↓

例1 忙しいから、新聞を 読みません。
　　　因為很忙，所以不看報紙。

看表示原因的「から」，知道原來是太忙了。很忙是出自個人的主觀理由喔！

不得了了，今天發生大事了？你不知道啊？怎麼沒看報紙呢？

から

---

2 今日は 日曜日だから、学校は 休みです。
　　今天是星期日，所以不必上學。

---

3 もう 遅いから、家へ 帰ります。
　　因為已經很晚了，我要回家了。

---

4 まずかったから、もう この 店には 来ません。
　　太難吃了，我再也不會來這家店了。

---

5 雨が 降って いるから、今日は 出かけません。
　　因為正在下雨，所以今天不出門。

grammar 030　ので

因為…

接續方法▶ {形容詞・動詞普通形}＋ので；{名詞；形容動詞詞幹}＋なので

【原因】表示原因、理由。前句是原因，後句是因此而發生的事。「ので」一般用在客觀的自然的因果關係，所以也容易推測出結果。

原因　　　　　　　　　　結果……原因
↓　　　　　　　　　　　↓

例1　寒いので、コートを　着ます。

因為很冷，所以穿大衣。

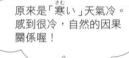

原來是「寒い」天氣冷。
感到很冷，自然的因果
關係喔！

怎麼穿起大衣了。唉呦！
東京的冬天真冷！

←ので

比　較
「ので」→ 自然的因果關係。
「から」→ 表示主觀的行為的理由。

2　雨なので、行きたく　ないです。

因為下雨，所以不想去。

3　これは　安いので　三つ　買います。

因為這個很便宜，所以買三個。

4　うちの　子は　勉強が　嫌いなので　困ります。

我家的孩子討厭讀書，真讓人困擾。

5　仕事が　あるので、7時に　出かけます。

因為有工作，所以七點要出門。

grammar 031 や

…和…

接續方法▶ {名詞}＋や＋{名詞}

【列舉】表示在幾個事物中，列舉出二、三個來做為代表，其他的事物就被省略下來，沒有全部說完。

事物　　事物　　　　　　　行為……列舉事物
↓　　　　↓　　　　　　　　　↓

例1 赤や　黄色の　花が　咲いて　います。

開著或紅或黃的花。

> 遍地綻放著紅色跟黃色的花，還有…。說不完的就用「や」來舉出幾個就好了。

> 今天和兩個好友到北海道玩。夏天的北海道滿山滿野都是美麗的花朵！

←や→

2 りんごや　みかんを　買いました。

買了蘋果和橘子。

3 家や　車は　高いです。

房子和車子都很貴。

4 机の　上に　本や　辞書が　あります。

書桌上有書和字典。

5 京都や　奈良は　古い　町です。

京都和奈良都是古老的城市。

比　較
「**や**」→幾個事物中，只列舉出其中一部分。
「**と**」→想要敘述的東西，全部都列舉出來。

グ032 や～など

和…等

類義表現
も（並列）
…也…

接續方法▶ {名詞}＋や＋{名詞}＋など

【列舉】這也是表示舉出幾項，但是沒有全部說完。這些沒有全部說完的部分用「など」（等等）來加以強調。「など」常跟「や」前後呼應使用。這裡雖然多加了「など」，但意思跟「や」基本上是一樣的。

事物　　　事物　　　　　　行為……列舉事物
　↓　　　　↓　　　　　　　　↓

例1 机に ペンや ノートなどが あります。

書桌上有筆和筆記本等等。

考試快到了！好！準備好好唸書了。拿出跟山田借的筆記本、筆，還有…。

看「や」跟「など」前面的名詞，就知道桌上除了「ペン」、「ノート」之外，還有其他等等呢！

2 近くに 駅や 花屋などが あります。

附近有車站和花店等等。

3 公園で テニスや 野球などを します。

在公園打網球和棒球等等。

4 数学や 物理などは 難しいです。

數學或物理之類的都很難。

5 休みの 日は 掃除や 洗濯などを します。

假日通常會做打掃和洗衣服之類的家事。

名詞＋の＋名詞
…的…

類義表現
名詞＋の
（名詞修飾主語）
修飾名詞

接續方法▶ {名詞}＋の＋{名詞}

【所屬】用於修飾名詞，表示該名詞的所有者、內容說明、作成者、數量、材料、時間及位置等等。

名詞（擁有者） 名詞（所屬物）……事物的所有
↓ ↓

例1 これは 私（わたし）の 本（ほん）です。
這是我的書。

看「の」前面，原來是屬於「私（わたし）」（我）的，要記得說明的重點是後面的「本（ほん）」喔！

這本小說劇情引人入勝，是偵探小說的後續佳作喔！是誰的呢？

の

---

2 彼（かれ）は 日本語（にほんご）の 先生（せんせい）です。
他是日文老師。

3 明日（あした）は 8時（はちじ）18分（じゅうはっぷん）の 電車（でんしゃ）に 乗（の）ります。
明天要搭八點十八分的電車。

4 5月（ごがつ）5日（いつか）は こどもの日（ひ）です。
五月五日是兒童節。

5 私（わたし）の 父（ちち）は、隣（となり）の 町（まち）の 銀行（ぎんこう）に 勤（つと）めて います。
家父在鄰鎮的銀行工作。

名詞＋の

…的

類義表現

形容詞＋の
替代名詞

接續方法▶ {名詞}＋の

【省略名詞】 準體助詞「の」後面可省略前面出現過，或無須説明大家都能理解的名詞，不需要再重複，或替代該名詞。

話題　擁有者　所屬物……以「の」替代所屬物
　↓　　　↓　↓

例1　その 車は 私のです。

那輛車是我的。

好棒！外觀霸氣、性能優異，這不是今夏最受年輕人歡迎的車款嗎？是誰的啊？

後面用「私の」（我的），其中「の」代替前面出現過的「車」。

の

---

2 この 本は 図書館のです。

這本書是圖書館的。

---

3 その 雑誌は 先月のです。

那本雜誌是上個月的。

---

4 私の 傘は 一番 左のです。

我的傘是最左邊那支。

---

5 この 時計は 誰のですか。

這支錶是誰的？

035 名詞＋の

…的…

類義表現
通過點（人）＋から
從…（表示動作的主體是一個通過點）

接續方法▶ {名詞}＋の

【名詞修飾主語】 在「私が　作った　歌」這種修飾名詞（「歌」）句節裡，可以用「の」代替「が」，成為「私の　作った　歌」。那是因為這種修飾名詞的句節中的「の」，跟「私の　歌」中的「の」有著類似的性質。

名詞　　　動詞　　　事物……名詞修飾主語
↓　　　　↓　　　　↓

例1 あれは　兄の　描いた　絵です。

那是哥哥畫的畫。

> 這幅畫遠山近水，色澤淡雅，給人一種舒適嫻雅的自然山水之樂，是誰畫的呢？

> 這裡的「の」是代替「が」的。「兄の描いた絵」其實就是「兄の絵」，兩個「の」有這類似的性質。

の
↓

---

2 姉の　作った　料理です。

這是姐姐做的料理。

---

3 友達の　撮った　写真です。

這是朋友照的相片。

---

4 私の　生まれた　所は　熊本県です。

我的出生地是熊本縣。

---

5 あれは　父の　出た　学校です。

那是家父的母校。

は〜です
…是…

接續方法▶｛名詞｝＋は＋｛敘述的內容或判斷的對象之表達方式｝＋です

1【主題】助詞「は」表示主題。所謂主題就是後面要敘述的對象，或判斷的對象，而這個敘述的內容或判斷的對象，只限於「は」所提示的範圍。用在句尾的「です」表示對主題的斷定或是說明，如例（1）～（4）。

2〖省略私は〗為了避免過度強調自我，用這個句型自我介紹時，常將「私は」省略，如例（5）。

　　　　　主題（對象）　斷定等……主題的說明或斷定
　　　　　　　↓　　　　　　↓

例1 花子は　きれいです。
花子很漂亮。

は

看「は」後面對主題的說明，花子是「きれい」（漂亮的）！句尾的「です」（是）對主題起斷定的作用喔！

你看過山田家的女兒嗎？她知性的氣質，纖塵不染的嫻靜，好像從古畫中走出的仙子！

比　較
「**は**」→進行說明或判斷。
「**が**」→敘述眼前看到、耳朵聽到的。

2 遠藤君は　学生です。
遠藤是學生。

3 こちらは、妻の　小夜子です。
這一位是內人小夜子。

4 冬は　寒いです。
冬天很冷。

5 （私は）　山田です。
我是山田。

は〜ません

1. 不…；2. 不…

類義表現

動詞（現在否定）

否定人或事物的存在、動作、行為和作用

接續方法▶ {名詞}＋は＋{否定的表達形式}

1【動詞的否定句】表示動詞的否定句，後面接否定「ません」，表示「は」前面的名詞或代名詞是動作、行為否定的主體，如例（1）、（2）。

2【名詞的否定句】表示名詞的否定句，用「は〜ではありません」的形式，表示「は」前面的主題，不屬於「ではありません」前面的名詞，如例（3）〜（5）。

主體　　對象　　　　行為（否定）……否定動作或行為
　↓　　　↓　　　　　　↓

例1 太郎は 肉を 食べません。

太郎不吃肉。

這句話主題是「太郎」，太郎怎麼了？

後面用動詞否定式「食べません」（不吃），然後前面是吃的對象「肉」，知道原來是「不吃肉了」。

---

2 彼女は スカートを はきません。

她不穿裙子。

3 花子は 学生では ありません。

花子不是學生。

4 僕は ばかでは ありません。

我不是傻瓜。

5 私は 園田さんを 嫌いでは ありません。

我並不討厭園田小姐。

grammar 038 は〜が

類義表現

主題＋は〜です
表示主題就是後面要敘述的對象

接續方法 ▶ {名詞}＋は＋{名詞}＋が

【話題】表示以「は」前接的名詞為話題對象，對於這個名詞的一個部分或屬於它的物體（「が」前接的名詞）的性質、狀態加以描述。

名詞　　　名詞　　表示的狀態的對象
↓　　　　↓　　　　↓

例1 京都は、寺が　多いです。
京都有很多寺院。

京都美極啦！颯颯秋風，烈烈紅葉，寂寂寺院，嫋嫋琴聲，值得一看喔！

が

京都有些什麼呢？「が」前面是「寺」（寺院），原來是有很多寺院啊！

---

2 今日は、月が　大きいです。
今天的月亮很大。

3 その　町は、空気が　きれいですか。
那城鎮空氣好嗎？

4 東京は、交通が　便利です。
東京交通便利。

5 田中さんは、字が　上手です。
田中的字寫得很漂亮。

grammar 039 は〜が、〜は〜

1.但是…；2.但是…

接續方法▸ {名詞}＋は＋{名詞です（だ）；形容詞・動詞丁寧形（普通形）}＋が、{名詞}＋は

1【對比】「は」除了提示主題以外，也可以用來區別、比較兩個對立的事物，也就是對照地提示兩種事物。

2〖口語－けど〗 在一般口語中，可以把「が」改為「けど」。

對比

事物 1   事物 2……比較兩個對立事物

例1 猫は 外で 遊びますが、犬は 遊びません。

貓咪會在外頭玩，但是狗狗不會。

隔壁家養了一隻頑皮貓，跟一隻乖乖狗！

每次「猫」都到外面玩得很瘋，但是「犬」卻忠心耿耿地看家。後面跟前面內容是互相對立的喔！

---

2 息子は 小学生ですが、娘は まだ 幼稚園です。

小兒已經是小學生，但是小女還在上幼稚園。

3 日本語は できますが、英語は できません。

雖然會日文，但是不會英文。

4 兄は いますが、姉は いません。

我有哥哥，但是沒有姊姊。

5 平仮名は 覚えましたが、片仮名は まだです。

雖然學會平假名了，但是還看不懂片假名。

も

1. 也…也…、都是…；2. 也、又；3. 也和…也和…

類義表現
か（選擇）
…或是…

1 【並列】{名詞}＋も＋{名詞}＋も。表示同性質的東西並列或列舉，如例（1）、（2）。

2 【累加】{名詞}＋も。可用於再累加上同一類型的事物，如例（3）。

3 【重覆】{名詞}＋とも＋{名詞}＋とも。重覆、附加或累加同類時，可用「とも〜とも」，如例（4）。

4 〔格助詞＋も〕{名詞}＋{格助詞}＋も。表示累加、重複時，「も」除了接在名詞後面，也有接在「名詞＋格助詞」之後的用法，如例（5）。

東西 1　東西 2……並列同性質的東西
　↓　　　↓

例1 猫も　犬も　黒いです。

貓跟狗都是黑色的。

隔壁的頑皮貓跟乖乖狗，是什麼顏色呢？

用「も〜も」(…和…都) 來並列出同性質的東西，也就是「貓和狗都是黑色的」。

2 私は　肉も　魚も　食べません。

我既不吃肉，也不吃魚。

3 村田さんは　医者です。鈴木さんも　医者です。

村田先生是醫生。鈴木先生也是醫生。

4 沙織ちゃんとも　明日香ちゃんとも　遊びたく　ありません。

我既不想和沙織玩，也不想和明日香玩。

5 来週、東京に　行きます。横浜にも　行きます。

下星期要去東京，也會去橫濱。

grammar 041 も
竟、也

接續方法 ▶ {數量詞}＋も

【強調】「も」前面接數量詞，表示數量比一般想像的還多，有強調多的作用。含有意外的語意。

數量（強調）　行為……強調
　　↓　　　　　　↓

例 1 ご飯を　3杯も　食べました。
飯吃了3碗之多。

但看「も」前面，竟然吃了「3杯」（3碗），這裡的「も」強調飯量比一般想像還多。

平常只吃一碗飯，但昨天晚上沒有吃晚餐，所以特別餓！

← も

2 10時間も　寝ました。
睡了十個小時之多。

3 ビールを　10本も　飲みました。
竟喝了十罐之多的啤酒。

4 この　服は　8万円も　します。
這件衣服索價高達八萬圓。

5 お金は　8,000万円も　あります。
擁有多達八千萬圓的錢。

比　較
「も」→ 數量比一般想像的還多。
「しか～ない」→ 數量比一般想像的還少。

日文小秘方

	1	2	3	4	5	6
數字唸法	いち	に	さん	し／よん	ご	ろく
〜番/ばん	いち番	に番	さん番	よん番	ご番	ろく番
〜個/こ	いっ個	に個	さん個	よん個	ご個	ろっ個
〜回/かい	いっ回	に回	さん回	よん回	ご回	ろっ回
〜枚/まい	いち枚	に枚	さん枚	よん枚	ご枚	ろく枚
〜台/だい	いち台	に台	さん台	よん台	ご台	ろく台
〜冊/さつ	いっ冊	に冊	さん冊	よん冊	ご冊	ろく冊
〜歳/さい	いっ歳	に歳	さん歳	よん歳	ご歳	ろく歳
〜本/ほん、ぼん、ぽん	いっぽん	にほん	さんぼん	よんほん	ごほん	ろっぽん
〜匹/ひき	いっぴき	にひき	さんびき	よんひき	ごひき	ろっぴき
〜分/ふん、ぷん	いっぷん	にふん	さんぷん	よんぷん	ごふん	ろっぷん
〜杯/はい、ばい、ぱい	いっぱい	にはい	さんばい	よんはい	ごはい	ろっぱい
人數數法	ひとり	ふたり	さんにん	よにん	ごにん	ろくにん

	7	8	9	10
數字唸法	しち／なな	はち	く／きゅう	じゅう
〜番/ばん	なな番	はち番	きゅう番	じゅう番
〜個/こ	なな個	はち個／はっ個	きゅう個	じゅっ個／じっ個
〜回/かい	なな回	はっ回	きゅう回	じゅっ回／じっ回
〜枚/まい	なな枚	はち枚	きゅう枚	じゅう枚
〜台/だい	なな台	はち台	きゅう台	じゅう台
〜冊/さつ	なな冊	はっ冊	きゅう冊	じゅっ冊／じっ冊
〜歳/さい	なな歳	はっ歳	きゅう歳	じゅっ歳／じっ歳
〜本/ほん、ぼん、ぽん	ななほん	はっぽん	きゅうほん	じゅっぽん／じっぽん
〜匹/ひき	ななひき／しちひき	はちひき／はっぴき	きゅうひき	じゅっぴき／じっぴき
〜分/ふん、ぷん	ななふん／しちふん	はっぷん	きゅうふん	じゅっぷん／じっぷん
〜杯/はい、ばい、ぱい	ななはい	はっぱい	きゅうはい	じゅっぱい／じっぱい
人數數法	ななにん／しちにん	はちにん	きゅうにん／くにん	じゅうにん

※ 請注意，20 歲的唸法是「はたち」。

〜番：⋯號（表示順序）
〜個：⋯個（表示小物品之數量）
〜回：⋯次（表示頻率）
〜枚：⋯張（表示薄、扁平的東西之數量）
〜台：⋯台（表示機器、車輛等之數量）
〜冊：⋯本（表示書、筆記本、雜誌之數量）
〜才：⋯歲（表示年齡）
〜本：⋯瓶（表示尖而細長的東西之數量）
〜匹：⋯隻（表示小動物、魚、昆蟲等之數量）
〜分：⋯分（表示時間）
〜杯：⋯杯（表示杯裝的飲料之數量）

042 疑問詞＋も＋否定

1. 也（不）…；2. 無論…都…

類義表現

疑問詞＋か
…嗎（表示不確定）

接續方法▶｛疑問詞｝＋も＋～ません

1 【全面否定】「も」上接疑問詞，下接否定語，表示全面的否定，如例（1）～（3）。

2 【全面肯定】若想表示全面肯定，則以「疑問詞＋も＋肯定」形式，為「無論…都…」之意，如例（4）、（5）。

疑問詞　　　　動詞（否定）……完全否定
↓　　　　　　↓

例1 机の　上には　何も　ありません。
桌上什麼東西都沒有。

我正在找我的筆，幫我看一下，有沒有在我桌上？

看「も」前面加疑問詞「何」（什麼），後面又是否定「ありません」（沒有），就知道「桌子上面什麼都沒有」囉！

---

2 「どうか　しましたか。」「どうも　しません。」
「怎麼了嗎？」「沒怎樣。」

---

3 お酒は　いつも　飲みません。
我向來不喝酒。

---

4 この　絵と　あの　絵、どちらも　好きです。
這張圖和那幅畫，我兩件都喜歡。

---

5 ちょうど　お昼ご飯の　時間なので、お店は　どこも　混んでいます。
正好遇上午餐時段，店裡擠滿了客人。

---

043 # には、へは、とは

接續方法▶ {名詞}＋には、へは、とは

【強調】格助詞「に、へ、と」後接「は」，有特別提出格助詞前面的名詞的作用。

名詞（←強調）　　　說明……強調
↓　　　　　　　　↓

例1 この　川には　魚が　多いです。
這條河裡魚很多。

我發現了一條河，河裡有很多魚喔！

這句話為了強調，有很多魚的是「この川」（這條河），所以在表示場所的「に」後面多加了一個「は」。意含暫時不管別條河，起碼這條河的魚很多。

には

2 うちには　娘しか　いません。
我家只有女兒。

3 あの　子は　公園へは　来ません。
那個孩子不會來公園。

4 今日は　会社へは　行きませんでした。
今天並沒去公司。

5 太郎とは　話したく　ありません。
我才不想和太郎說話。

にも、からも、でも

類義表現

なにも、だれも、どこへも
表示全面否定

接續方法▶ {名詞}＋にも、からも、でも

【強調】格助詞「に、から、で」後接「も」，表示不只是格助詞前面的名詞以外的人事物。

名詞（←強調）　　說明……強調
　↓　　　　　　　↓

例1 テストは　私にも　難しいです。
考試對我而言也很難。

這句話在表示對象的「に」後面又接「も」，強調除了其他的人，「私」（我）也覺得很難。

啊啊…好難的題目喔！雖然準備了好幾個禮拜，但還是不會寫，這次的考題真的太難了啦！

← にも

---

2 学校には　冷房が　ありません。うちにも　ありません。
學校裡沒裝冷氣，家裡也沒裝。

---

3 そこからも　バスが　来ます。
公車也會從那邊過來。

---

4 これは　珍しい　果物です。デパートでも　売って　いません。
這是很少見的水果，百貨公司也沒有販售。

---

5 これは　どこでも　売って　います。
這東西到處都在賣。

grammar **045**

ぐらい、くらい

1. 大約、左右、上下；2. 大約、左右；3. 和…一樣…

類義表現
ごろ、ころ
大約、左右

接續方法▶{數量詞}＋ぐらい、くらい

1 【**時間**】用於對某段時間長度的推測、估計，如例（1）、（2）。

2 【**數量**】一般用在無法預估正確的約略數量，或是數量不明確的時候，如例（3）、（4）。

3 〖**程度相同**〗可表示兩者的程度相同，常搭配「と同じ」，如例（5）。

時間（←推測）　　行為……推測、估計
　↓　　　　　　　↓

例1 昨日は　6時間ぐらい　寝ました。
　　昨天睡了6小時左右。

喔喔！睡得好熟喔！昨天睡了「6時間」（6個小時）左右。

由於睡眠時間一般很難正確估算，這時候就用「ぐらい」來表示時間上的推測、估計。

ぐらい →

---

2 お正月には　1週間ぐらい　休みます。
過年期間大約休假一個禮拜。

3 チョコレートを　10個くらい　食べました。
吃了大約十顆巧克力。

4 コンサートには　1万人ぐらい　来ました。
演唱會來了大約一萬人。

5 呉さんは　日本人と　同じくらい　日本語が　できます。
呉先生的日語說得和日本人一樣流利。

だけ
只、僅僅

類義表現

まで
到…（表示限定某範圍）

接續方法▶ {名詞（＋助詞＋）}＋だけ；{名詞；形容動詞詞幹な}＋だけ；{形容詞・動詞普通形}＋だけ

【限定】 表示只限於某範圍，除此以外沒有別的了。用在限定數量、程度，也用在人物、物品、事情等。

話題 事物（←限定） 行為……限定某範圍
↓ ↓ ↓

例1 お弁当は 一つだけ 買います。
只買一個便當。

今天家裡只有我一個人，午餐就買便當吃吧！

だけ

「だけ」帶有肯定前面「一つ」（一個）的意味。因為只有一個人，所以買一個就很夠了。

2 野菜は 嫌いなので 肉だけ 食べます。
不喜歡吃蔬菜，所以光只吃肉。

3 あの 人は、顔が きれいなだけです。
那個人的優點就只有長得漂亮。

4 お金が あるだけでは、結婚できません。
光是有錢並不能結婚。

5 漢字は 少しだけ 分かります。
漢字算是懂一點點。

grammar 047

じゃ

1. 是…；2. 那麼、那

類義表現
では
那麼；那

接續方法▶{名詞；形容動詞詞幹}＋じゃ

1【では→じゃ】「じゃ」是「では」的縮略形式，也就是縮短音節的形式，一般是用在口語上。多用在跟自己比較親密的人，輕鬆交談的時候，如例（1）～（3）。

2【轉換話題】「じゃ」、「じゃあ」、「では」在文章的開頭時（或逗號的後面），表示「それでは」（那麼，那就）的意思。用在轉換新話題或場面，或表示告了一個段落，如例（4）、（5）。

話題
↓

行為……否定
↓

例1 そんなに たくさん 飲んじゃ だめだ。

喝這麼多可不行喔！

> 爸爸又喝酒了，最近好像喝的量又變多了，趕快幫爸爸準備解酒的檸檬水！

> 「じゃ」通常用在比較輕鬆的場合，例如跟家人交談的時候。是不能做什麼呢？原來是不能「飲ん」（喝）太多啦！

←じゃ

---

2 私は 日本人じゃない。

我不是日本人。

---

3 私は 字が 上手じゃ ありません。

我的字寫得不好看。

---

4 じゃ、今日は これで 帰ります。

那，我今天就先回去了。

---

5 うん、じゃあ、また 明日ね。

嗯，那，明天見囉。

しか＋〔否定〕
1. 只；2. 僅僅

接續方法▶ {名詞（＋助詞）}＋しか～ない

1【限定】「しか」下接否定，表示限定數量或程度。含有除此之外再也沒有別的了的意思，如例（1）、（2）。

2【程度】強調數量少、程度輕。常帶有因不足而感到可惜、後悔或困擾的心情，如例（3）～（5）。

　　　　　　事物（←限定）　行為（否定）……限定
　　　　　　　　↓　　　　　　　↓

例1 私には　あなたしか　いません。
　　你是我的唯一。

看到你的第一眼我就知道，你是我想攜手長伴一生的唯一對象。

しか

「しか」前面接「あなた」（你）表示限定，就只有你一個人。

---

2 5,000円しか　ありません。
僅有五千日圓。

3 お弁当は　一つしか　売って　いませんでした。
便當只賣了一個。

4 今年は　海に　1回しか　行きませんでした。
今年只去過一次海邊。

5 その　本は　まだ　半分しか　読んで　いません。
那本書我才讀到一半而已。

比 較
「だけ」→ 只有…。表限定，後可接肯定、否定。
「しか」→ （可惜）僅有…。表限定，後只接否定。

grammar 049 ずつ
每、各

類義表現
數量＋で＋數量
共…（表示總和）

接續方法▸ {數量詞} ＋ずつ

【等量均攤】接在數量詞後面，表示平均分配的數量。

數量詞　　　　行為……平均分配的數量
　↓　　　　　　　　　↓

例1 みんなで　100円ずつ　出します。
　　大家各出100日圓。

這一期樂透上看 3 億，大家一起來買吧！

ずつ

「100 円」（100 日圓）加上「ずつ」，表示每個人平均要拿出來的金額是 100 日圓。

2 お菓子は　一人　1個ずつです。
　　點心一人一個。

3 この　薬は、一度に　二つずつ　飲んで　ください。
　　這種藥請每次服用兩粒。

4 一人ずつ　話して　ください。
　　請每個人輪流說話。

5 高い　お菓子なので、少しずつ　食べます。
　　這是昂貴的糕餅，所以要一點一點慢慢享用。

grammar
050

か
或者…

接續方法▶ {名詞}＋か＋{名詞}

【選擇】表示在幾個當中，任選其中一個。

任選一個

事物1　　事物2　　　行為……選擇
↓　　　　↓　　　　　　↓

例1 ビールか　お酒を　飲みます。
喝啤酒或是清酒。

> 部長會在「ビール」（啤酒）跟「お酒」（清酒）這兩樣東西當中選一樣。

> 今天是公司的慶功宴，得好好敬一下這次發揮領袖風範的部長。部長您要喝什麼呢？

か
↓　↓

2 ペンか　鉛筆で　書きます。
用原子筆或鉛筆寫。

3 新幹線か　飛行機に　乗ります。
搭新幹線或是搭飛機。

4 仙台か　松島に　泊まります。
會住在仙台或是松島。

5 この　紙は、お父さんか　お母さんに　見せて　ください。
請將這張紙拿去給爸爸或媽媽看。

か〜か〜

1. …或是…；2. …呢？還是…呢

類義表現

も〜も〜（並列）
…也…也…

接續方法▶ {名詞}＋か＋{名詞}＋か；{形容詞普通形}＋か＋{形容詞普通形}＋か；
{形容動詞詞幹}＋か＋{形容動詞詞幹}＋か；{動詞普通形}＋か＋{動詞普通形}＋か

1【選擇】「か」也可以接在最後的選擇項目的後面。跟「か」一樣，表示在幾個當中，任選其中一個，如例（1）〜（4）。

2【疑問】「〜か＋疑問詞＋か」中的「〜」是舉出疑問詞所要問的其中一個例子，如例（5）。

任選一個

事物1　　事物2　　行為……選擇
↓　　　　↓　　　　↓

例1 暑いか　寒いか　分かりません。

不知道是熱還是冷。

か　か

「か」也可以接在最後的選項後面，表示在幾個當中，任選其中一個。

這個假期打算出國玩，不知道那邊的天氣如何？是該帶厚外套還是薄外套呢？

---

2 古沢さんか　清水さんか、どちらかが　やります。

會由古澤小姐或清水小姐其中一位來做。

---

3 好きか　嫌いか　知りません。

不知道喜歡還是討厭（表示「不知道」時，一般用「分かりません」，如果用「知りません」，就有「不關我的事」的語感）。

---

4 辺見さんが　結婚して　いるか　いないか、知って　いますか。

你知道邊見小姐結婚了或是還沒呢？

---

5 お茶か　何か、飲みますか。

要不要喝茶還是其他飲料呢？

052 〔疑問詞〕＋か

類義表現
句子＋か
…嗎、…呢

接續方法 ▶ {疑問詞}＋か

【不明確】「か」前接「なに、いつ、いくつ、いくら、どれ」等疑問詞後面，表示不明確、不肯定，或沒必要說明的事物。

疑問詞　　　　　　　　　行為……不明確的事物等
↓　　　　　　　　　　　　↓

例1 いつか　一緒に　行きましょう。
找一天一起去吧。

か

既然有機會在東京留學，就一定要去迪士尼玩一趟啊！所以我們找一天一起去吧！

「か」前面接疑問詞的「いつ」，是指還沒有確切約好是哪一天一起去喔！

2 大学に　入るには、いくらか　お金が　かかります。
　想要上大學，就得花一些錢。

3 お皿と　コップを　いくつか　買いました。
　我買了幾只盤子和杯子。

4 何か　食べましたか。
　有吃了什麼了嗎？

5 どれか　好きなのを　一つ　選んで　ください。
　請從中挑選一件你喜歡的。

grammar
053

〔句子〕＋か

嗎、呢

接續方法▶ {句子}＋か

【**疑問句**】接於句末，表示問別人自己想知道的事。

句子……想知道的事
↓

例1 **あなたは 学生^{がくせい}ですか。**

你是學生嗎？

聯誼會上，被一個女生問了一堆問題。如「你口音很重呦！是哪裡人？」「你一個人住嗎？」還問，「你是學生嗎？」

「か」放在句末，表示問別人自己想知道的事。

← か

---

2 **映画^{えいが}は 面白^{おもしろ}いですか。**

電影好看嗎？

3 **木村^{きむら}さんは 真面目^{まじめ}ですか。**

木村先生工作認真嗎？

4 **今晩^{こんばん} 勉強^{べんきょう}しますか。**

今晚會唸書嗎？

5 **あなたは 横田^{よこた}さんでは ありませんか。**

您不是橫田先生嗎？

比　較
「か」 → 表疑問。問別人自己想知道的事。
「ね」 → 表徵求認同。徵求別人認同，對談話內容做確認的語氣。

〔句子〕＋か、〔句子〕＋か

是…，還是…

類義表現
か〜か〜（選擇）…或是…

接續方法▶ {句子}＋か、{句子}＋か

【選擇性的疑問句】表示讓聽話人從不確定的兩個事物中，選出一樣來。

不確定的兩事物
疑問句 → 疑問句……選出一樣

例1 アリさんは　インド人ですか、アメリカ人ですか。

阿里先生是印度人？還是美國人？

我們學校有很多留學生，大眼睛大鼻子的阿里就是其中一個。

阿里是印度人還是美國人呢？這裡的兩個「か」，都接在疑問句的後面，表示從不確定的兩個事物中，選出一樣來。

か　か

2 それは　ペンですか、鉛筆ですか。

那是原子筆？還是鉛筆？

3 この　傘は　伊藤さんのですか、鈴木さんのですか。

這把傘是伊藤先生的？還是鈴木先生的？

4 お父さんは　優しいですか、怖いですか。

你爸爸待人和藹嗎？還是嚴厲呢？

5 その　アパートは　きれいですか、汚いですか。

那棟公寓乾淨嗎？還是骯髒呢？

〔句子〕＋ね

1. …喔、…呀、…呢；2. …啊；3. …吧；4. …啊

類義表現
でしょう
…吧

接續方法▶ {句子}＋ね

1【認同】徵求對方認同，如例（1）、（2）。

2【感嘆】表示輕微的感嘆，如例（3）、（4）。

3【確認】表示跟對方做確認的語氣，如例（5）。

4【思索】表示思考、盤算什麼的意思。例如：「そうですね…／這樣啊…。」

5〔對方也知道〕基本上使用在說話人認為對方也知道的事物。

句子……徵求對方認同等
↓

例1 今日は　とても　暑いですね。

今天好熱呀！

ね→

哇！今天氣溫狂飆到
38 度，熱到不行！

你說是不是呢？希望對方同意
自己的感覺，也就是對天氣熱，
有同樣的感受句尾就用「ね」。

---

2 雨ですね。傘を　持って　いますか。

在下雨呢！你有帶傘嗎？

---

3 この　ケーキは　おいしいですね。

這蛋糕真好吃呢！

---

4 その　スカートは　きれいですね。

那件裙子真漂亮呀！

---

5 高橋さんも　パーティーに　行きますよね。

高橋小姐妳也會去參加派對吧？

056 〔句子〕＋よ

1. …喲；2. …喔、…喲、…啊

接續方法▶ {句子}＋よ

1 **【注意】** 請對方注意，如例（1）。

2 **【肯定】** 向對方表肯定，使對方接受自己的意見時，用來加強語氣，如例（2）～（5）。

3 **〔對方不知道〕** 基本上使用在說話人認為對方不知道的事物，想引起對方注意。

句子……請對方注意等
↓

例1 あ、危ない。車が 来ますよ。

啊！危險！車子來了喲！

要通知對方，請對方注意，句尾就用「よ」。

小朋友，危險！有車子！

よ

---

2 今日は 土曜日ですよ。

今天是星期六喔。

3 高田さんは とても 頭の よい 人ですよ。

高田先生是一位頭腦聰明的人喔。

4 あの 映画は 面白いですよ。

那部電影很好看喔！

5 兄は もう 結婚しましたよ。

哥哥已經結婚了喲！

比 較
「よ」→對方不知道的事物，引對方注意。
「ね」→對方也知道的事物，希望對方認同自己。

Practice・1

| 問題一 | 問題　（　）の　ところに　なにを　いれますか。1・2・3・4から　いちばん　いい　ものを　1つ　えらびなさい。 |

1 あしたの　よるは　あめ（　　）　ふるでしょう。
　　1　は　　　　　2　が　　　　　3　を　　　　　4　で

2 ぞうは　はな（　　）　ながいです。みみは　とても　おおきいです。
　　1　は　　　　　2　が　　　　　3　を　　　　　4　で

3 すみません、このバスは　えきの　まえ（　　）　とおりますか。
　　1　が　　　　　2　に　　　　　3　を　　　　　4　へ

4 ふるい　きょうかしょは　いえ（　　）　ありますが、あたらしい
　　きょうかしょは　ありません。
　　1　で　　　　　2　を　　　　　3　が　　　　　4　に

5 すみませんが、みず（　　）　1ぱい　ほしいです。
　　1　は　　　　　2　が　　　　　3　に　　　　　4　で

6 たなかさんは　ちゅうごくご（　　）　できますか。
　　1　は　　　　　2　が　　　　　3　を　　　　　4　に

7 きのう　たなかさん（　　）　あいました。
　　1　で　　　　　2　に　　　　　3　を　　　　　4　が

8 この　まえ　せんせい（　　）　でんわして　しつもんしました。
　　1　で　　　　　2　に　　　　　3　を　　　　　4　が

9 わたしは　すし（　　）　だいすきです。すきやきも　だいすきです。
　　1　は　　　　　2　を　　　　　3　が　　　　　4　で

10 ははは りょうり（　）じょうずです。テニスも じょうずです。

1 に　　　　2 が　　　　3 を　　　　4 で

11 わたしは いつも 1にち（　）2かい コーヒーを のみます。

1 に　　　　2 を　　　　3 は　　　　4 が

12 わたしは 2ねんかん、とうきょうだいがく（　）べんきょうしました。

1 の　　　　2 で　　　　3 に　　　　4 は

13 タイペイえきの まえで バス（　）のりました。

1 で　　　　2 に　　　　3 を　　　　4 が

14 ともだちと へや（　）ビデオを みました。

1 の　　　　2 に　　　　3 で　　　　4 も

15 えきまで バス（　）いきました。それから でんしゃにのりました。

1 に　　　　2 で　　　　3 を　　　　4 の

16 ともだちと けいたいでんわ（　）はなしました。

1 を　　　　2 で　　　　3 に　　　　4 と

17 デパートへ かいもの（　）いきました。

1 で　　　　2 に　　　　3 まで　　　　4 から

18 1しゅうかん（　）1かい にほんごの がっこうへ いきます。

1 で　　　　2 に　　　　3 から　　　　4 へ

19 たまごと こむぎこ（　）クッキーを つくりました。

1 に　　　　2 へ　　　　3 を　　　　4 で

20 すみませんが、えいご（　）はなして ください。

1 を　　　　2 で　　　　3 に　　　　4 が

21 きのう　ともだちと　えいが（　　）　みました。
　　1　が　　　　2　を　　　　　3　に　　　　　4　へ

22 わたしは　まいあさ　8じに　いえ（　　）　でます。
　　1　へ　　　　2　に　　　　　3　を　　　　　4　は

23 きのうは　テストでした。けれども、わたしは　かぜ（　　）　がっ
　　こうに　いきませんでした。
　　1　を　　　　2　で　　　　　3　に　　　　　4　は

24 「すみません、これは　いくらですか。」「3つ（　　）　500えん
　　です。」
　　1　が　　　　2　に　　　　　3　は　　　　　4　で

25 この　みかんは　ぜんぶ（　　）　いくらですか。
　　1　は　　　　2　で　　　　　3　の　　　　　4　に

26 きょうは　どこ（　　）　いきましたか。
　　1　を　　　　2　へ　　　　　3　から　　　　4　で

27 すみませんが、そこの　しお（　　）　こしょうを　とって　くだ
　　さい。
　　1　を　　　　2　と　　　　　3　は　　　　　4　が

28 ともだち（　　）　としょかんで　べんきょうを　しました。
　　1　で　　　　2　や　　　　　3　と　　　　　4　を

29 いそいで　バス（　　）　おりました。
　　1　が　　　　2　を　　　　　3　へ　　　　　4　に

30 としょかん　（　　）　たくさん　ほんが　あります。
　　1　へ　　　　2　で　　　　　3　に　　　　　4　を

31 やまださんは　たなかさん（　　）　けっこんしました。
　　1　を　　　　2　と　　　　　3　で　　　　　4　が

32 だれ（　　）　パーティーへ　いきましたか。

1　は　　　　2　を　　　　　3　と　　　　　4　へ

33 わたしは　コンピューター（　　）　かいます。

1　は　　　　2　を　　　　　3　が　　　　　4　に

34 まいにち　がっこうで　にほんご（　　）　べんきょうします。

1　は　　　　2　が　　　　　3　を　　　　　4　に

35 ちちは　まいあさ　8じ（　　）　かいしゃへ　いきます。

1　に　　　　2　で　　　　　3　から　　　　4　まで

36 わたしは　3ねんまえ（　　）　にほんに　きました。

1　で　　　　2　から　　　　3　まで　　　　4　に

37 あなたの　いえは　えき（　　）　どの　くらいですか。

1　で　　　　2　に　　　　　3　まで　　　　4　を

38 あめですね。えき（　　）　タクシーで　いきましょう。

1　と　　　　2　まで　　　　3　を　　　　　4　が

39 あたらしい　えいがは　5がつ（　　）　はじまります。

1　まで　　　2　に　　　　　3　へ　　　　　4　で

40 にほんごの　じゅぎょうは　なんじ（　　）ですか。

1　まで　　　2　を　　　　　3　に　　　　　4　と

41 きょうかしょ（　　）　ノートなどは　かばんの　なかに　いれて
ください。

1　で　　　　2　や　　　　　3　は　　　　　4　を

42 パーティーで　だれ（　　）　ギターを　ひきましたか。

1　は　　　　2　が　　　　　3　を　　　　　4　へ

43 にんじん（　　）　すきでは　ありませんが、だいこんは　すきです。

1　を　　　　2　は　　　　　3　に　　　　　4　へ

44 あした（　　）　ちこく　しないで　くださいね。

   1　に　　　　　2　は　　　　　　3　を　　　　　　4　で

45 「コーヒーは　ありますか。」「すみません。コーヒーは　ありません。
　　おちゃ（　　）　ジュースで　いいですか。」

   1　か　　　　　2　の　　　　　　3　で　　　　　　4　を

46 すみません、かみを　3まい（　　）　くださいませんか。

   1　まで　　　　2　を　　　　　　3　くらい　　　　4　から

47 30ぷん（　　）　まちましたが　バスは　きませんでした。

   1　くらい　　　2　など　　　　　3　しか　　　　　4　ごろ

48 きょうしつには　たなかさん（　　）　いませんでした。

   1　くらい　　　2　にも　　　　　3　から　　　　　4　しか

49 なつやすみは　いつ（　　）　いつまでですか。

   1　まで　　　　2　から　　　　　3　だけ　　　　　4　より

50 りんご（　　）　みかんを　かいました。

   1　は　　　　　2　や　　　　　　3　が　　　　　　4　を

51 えんぴつ（　　）　ノートは　じぶんで　かって　ください。

   1　は　　　　　2　や　　　　　　3　が　　　　　　4　を

52 さいふに　50えん（　　）　ありませんでした。

   1　くらい　　　2　しか　　　　　3　だけ　　　　　4　まで

53 この　いえは　えきから　ちかいです（　　）、あまり　きれいでは
　　ありません。

   1　し　　　　　2　で　　　　　　3　が　　　　　　4　から

54 かれは　あたまが　いいです（　　）、せいかくが　あまり　よく
　　ありません。

   1　し　　　　　2　で　　　　　　3　が　　　　　　4　から

55 だれが はなを もって きました（　　）。
1 よ　　　　　2 か　　　　　3 ね　　　　　　4 わ

56 たなかかちょうは ちゅうごくご（　　） できませんが、えいご
は じょうずです。
1 を　　　　　2 は　　　　　3 に　　　　　　4 へ

57 きのう、テレビ（　　） みませんでした。
1 へ　　　　　2 が　　　　　3 は　　　　　　4 に

58 きょうは とても あついです（　　）。
1 は　　　　　2 ね　　　　　3 と　　　　　　4 や

59 あの せんせいは とても きびしいです（　　）。
1 は　　　　　2 と　　　　　3 や　　　　　　4 よ

60 テニスを しました。それから ピンポン（　　） しました。
1 は　　　　　2 も　　　　　3 や　　　　　　4 に

61 コンピューターも デジカメ（　　） わかりません。
1 が　　　　　2 は　　　　　3 に　　　　　　4 も

62 きのう ちちに でんわを しましたが、ともだち（　　）は
しませんでした。
1 に　　　　　2 も　　　　　3 で　　　　　　4 が

63 この バスは どうぶつえん（　　）は いきません。
1 に　　　　　2 で　　　　　3 を　　　　　　4 から

64 わたしは たなかさん（　　）は けっこんしません。
1 に　　　　　2 を　　　　　3 と　　　　　　4 から

65 この がっこうは ヨーロッパ（　　）も たくさん がくせいが
きて います。
1 から　　　　2 に　　　　　3 へ　　　　　　4 まで

66 この えいがを みます（　　）、それとも あの えいがを
みますか。

1　よ　　　　　　2　か　　　　　　3　ね　　　　　　4　わ

67 かれは そんなに わるい ひとです（　　）。

1　は　　　　　　2　ね　　　　　　3　か　　　　　　4　よ

68 この くつは とても ふるいですから、あたらしい くつ（　　）
ほしいです。

1　は　　　　　　2　が　　　　　　3　に　　　　　　4　へ

69 こたえは ボールペン（　　）まんねんひつで かいて ください。

1　と　　　　　　2　で　　　　　　3　か　　　　　　4　も

70 あしたの パーティーに いく（　　）どうか わかりません。

1　の　　　　　　2　は　　　　　　3　が　　　　　　4　か

71 パーティーには 30にん（　　）くる よていです。

1　ぐらい　　　2　など　　　　　3　まで　　　　　4　から

問題二　　　問題 どの こたえが いちばん いいですか。1・2・3・4
から いちばん いい ものを 1つ えらびなさい。

1 「たいふうですね。」「ええ、この たいふう（　　）でんしゃが
とまりましたよ。」

1　が　　　　　　2　を　　　　　　3　で　　　　　　4　に

2 「この みかんは ぜんぶ（　　）いくらですか。」「300えんです。」

1　を　　　　　　2　で　　　　　　3　に　　　　　　4　は

3 「ちゅうごくごが わかりますか。」「いいえ、わかりません。にほ
んご（　　）はなして ください。」

1　で　　　　　　2　が　　　　　　3　は　　　　　　4　に

4 「かばんの　なかには　なにが　ありますか。」「きょうかしょ
（　　）　ふでばこなどが　あります。」

1　を　　　　　2　や　　　　　3　も　　　　　4　で

5 「だいがく（　　）　なにを　べんきょうしますか。」「れきしを
べんきょうします。」

1　が　　　　　2　は　　　　　3　に　　　　　4　で

6 「まどが　あいて　いませんね。」「ええ、かぜ（　　）　まどが
しまりました。」

1　が　　　　　2　を　　　　　3　で　　　　　4　は

7 「どこへ　いきますか。」「スーパーへ　かいもの（　　）　いきます。」

1　で　　　　　2　へ　　　　　3　が　　　　　4　に

8 「きょうは　さむいですね。」「ええ、そうです（　　）。」

1　よ　　　　　2　ね　　　　　3　は　　　　　4　だ

9 「ビールを　のみますか。」「にほんしゅ（　　）　のみますが　ビー
ルはのみません。」

1　が　　　　　2　も　　　　　3　に　　　　　4　は

10 「いつ　にほんへ　いきますか。」「8がつ（　　）　いきます。」

1　から　　　　2　で　　　　　3　しか　　　　4　よって

11 「くらいですね。」「へやの　でんき（　　）　つけましょう。」

1　は　　　　　2　が　　　　　3　に　　　　　4　を

12 「きょうしつに　だれが　いますか。」「だれ（　　）　いません。」

1　が　　　　　2　は　　　　　3　も　　　　　4　で

13 「きょうも　びょういんへ　いきますか。」「はい、いっかげつ
（　　）　いっかい　いきます。」

1　は　　　　　2　も　　　　　3　で　　　　　4　に

14 「けさは　なにを　たべましたか。」「なに（　　　）　たべませんで
した。」

　　1　は　　　　　2　が　　　　　3　も　　　　　4　を

15 「おてがみですか。」「ええ、ははに　てがみ（　　　）　かきました。」

　　1　は　　　　　2　を　　　　　3　に　　　　　4　から

16 「おてがみですか。」「ええ、はは（　　　）　てがみが　きました。」

　　1　は　　　　　2　を　　　　　3　に　　　　　4　から

17 「この　ジュース　おいしいですよ。」「そうですか。この　おちゃ
（　　　）おいしいですよ。」

　　1　は　　　　　2　も　　　　　3　を　　　　　4　が

18 「なんじに　かえりますか。」「5じ（　　　）　かえります。」

　　1　まで　　　　2　ごろ　　　　3　ほど　　　　4　へ

19 「だれが　でんわを　かけましたか。」「ともだち（　　　）　かけま
した。」

　　1　に　　　　　2　は　　　　　3　が　　　　　4　を

20 「やまださんが　けっこんしますよ。」「えっ？だれ（　　　）けっこん
しますか。」

　　1　に　　　　　2　を　　　　　3　と　　　　　4　は

　　問題　どの　こたえが　いちばん　いいですか。1・2・
　　　　　　　　3・4からいちばん　いい　ものを　えらびなさい。

1　A「きのう、どこへ　いきましたか。」
　　B「(　　　　　　)　いきました。」
　　1　がっこうを　　　　　　　　2　がっこうへ
　　3　がっこうは　　　　　　　　4　がっこうが

2　A「あたらしい　しごとは、おもしろいですか。」
　　B「そうです　(　　　)。とても　おもしろいです。」
　　1　か　　　　2　よ　　　　3　ね　　　　4　が

3　A「このケーキ、おいしいですね。」
　　B「そうです　(　　　)。ありがとう　ございます。ははが　つくり
　　　ました。」
　　1　か　　　　2　ね　　　　3　よ　　　　4　わ

4　A「この　ワンピース、どうですか。」
　　B「いろは　きれいですね。でも　(　　　　　　)　きれいでは　あり
　　　ませんね。」
　　1　かたちに　　　　　　　　2　かたちも
　　3　かたちを　　　　　　　　4　かたちは

5　A「田中さん、こんにちは。(　　　　　　　)。」
　　B「はい、げんきです。」
　　1　おきれいですか　　　　　　2　おげんきですか
　　3　いいですか　　　　　　　　4　よいですか

▊▊▶N5
2. 接尾詞

grammar 001

じゅう

1. 全…、…期間；2.…內、整整

接續方法▶ {名詞} ＋じゅう

1 **【時間】** 日語中有自己不能單獨使用，只能跟別的詞接在一起的詞，接在詞前的叫接頭語，接在詞尾的叫接尾語。「中（じゅう）」是接尾詞。接時間名詞後，表示在此時間的「全部、從頭到尾」，一般寫假名，如例（1）～（3）。

2 **【空間】** 可用「空間＋中」的形式，接場所、範圍等名詞後，表示整個範圍內出現了某事，或存在某現象，如例（4）、（5）。

主語	時間	敘述……期間跟空間
↓	↓	↓

例1 あの 山には 一年中 雪が あります。

那座山終年有雪。

> 幾年前學會了滑雪，所以只要看到積雪的山，就興奮得不得了。

> 看到「一年」後面的「中」，知道那座山一整年都有積雪。真是太棒了！

---

2 午前中、忙しかったです。

上午時段非常忙碌。

3 夏休み中に、Ｎ５の 単語を 全部 覚えるつもりです。

我打算在暑假期間把 N5 的單字全部背起來。

4 彼は 有名で、町中の 人が 知って います。

他名氣很大，全鎮的人都認識他。

5 部屋中、散らかって います。

房間裡亂成一團。

比　較

「**中（じゅう）**」→
（1）那段期間一直做某事。
（2）那個空間範圍之內。

「**中（ちゅう）**」→
（1）正在做某事。
（2）那段期間裡。

ちゅう

…中、正在…、…期間

類義表現
動詞＋ています
（動作進行中）
正在…

接續方法▶ {動作性名詞}＋ちゅう

【**正在繼續**】「中（ちゅう）」接在動作性名詞後面，表示此時此刻正在做某件事情，或某狀態正在持續中。前接的名詞通常是與某活動有關的詞。

主語　　　　　　　　某狀態　正在…某事進行中
↓　　　　　　　　　　↓　　↓

例1 沼田さんは　ギターの　練習中です。

沼田先生現在正在練習彈吉他。

沼田想在女生面前耍酷，拼了命也想把吉他練好。

名詞「練習」加上接尾詞「中」，意思是「正在練習」。沼田先生，加油喔！

---

2 林さんは　電話中です。

林先生現在在電話中。

---

3 津田先生は　授業中です。

津田老師正在上課。

---

4 中村さんは　仕事中です。

中村先生現在在工作。

---

5 うちの　娘は　ヨーロッパを　旅行中です。

我女兒正在歐洲旅行。

たち、がた、かた
…們

類義表現
彼+ら
他們

接續方法▶ {名詞}＋たち、がた、かた

1 【人的複數】接尾詞「たち」接在「私」、「あなた」等人稱代名詞的後面，表示人的複數。但注意有「私たち」、「あなたたち」、「彼女たち」但無「彼たち」。如例（1）。

2 〖更有禮貌－がた〗接尾詞「方」也是表示人的複數的敬稱，説法更有禮貌，如例（2）、（3）。

3 〖人→方〗「方」是對「人」表示敬意的説法，如例（4）。

4 〖人們→方々〗「方々」是對「人たち」（人們）表示敬意的説法，如例（5）。

代名詞 　　狀態、行為等……人的複數
↓ 　　　　　↓

例1 **私たちは 台湾人です。**
我們是台灣人。

參加了一場國際留學生交流會，大家來自各個國家，每個人都很直率親切！

我們被問説是哪來的，這裡用「私たち」（我們）表示人的複數。

2 **あなた方は 中国人ですか。**
你們是中國人嗎？

3 **先生方は、会議中です。**
老師們正在開會。

4 **あの 方は どなたですか。**
那位是哪位呢？

5 **素敵な 方々に 出会いました。**
遇見了很棒的人們。

ごろ
左右

類義表現
すぎ 過…

接続方法▶ {名詞}＋ごろ

【時間】表示大概的時間點，一般只接在年、月、日，和鐘點的詞後面。

時間（年月日、時間） 　　　　　行為等……大概的時間
　　　↓　　　　　　　　　　　　　　　　↓

例1 2005年ごろから　北京に　いました。
　　我從2005年左右就待在北京。

為了擴展業務，被公司派到北京分公司，在北京這個動作在什麼時候？

「2005年」後接「ごろ」，表示時間是2005年左右。

2　6月ごろは　雨が　よく　降ります。
　　六月前後經常會下雨。

3　明日は　お昼ごろから　出かけます。
　　明天大概在中午的時候出門。

4　8日ごろに　電話しました。
　　在八號左右打過電話了。

5　11月ごろから　寒く　なります。
　　從十一月左右開始變冷。

すぎ、まえ

1. 過…；2. …多；3. 差…；4. …前、未滿…

類義表現
名詞＋の＋まえに； 名詞＋の＋あとで …前；…後

接續方法▶ {時間名詞}＋すぎ、まえ

1 **【時間】**接尾詞「すぎ」，接在表示時間名詞後面，表示比那時間稍後，如例（1）。

2 **【年齡】**接尾詞「すぎ」，也可用在年齡，表示比那年齡稍長，如例（2）。

3 **【時間】**接尾詞「まえ」，接在表示時間名詞後面，表示那段時間之前，如例（3）、（4）。

4 **【年齡】**接尾詞「まえ」，也可用在年齡，表示還未到那年齡，如例（5）。

時間名詞 ↓ 　　　　　　　行為……比前接時間詞的時間稍後 ↓

例1 10時 過ぎに バスが 来ました。

過了十點後，公車來了。（十點多時公車來了）

今天有事情必須到學校一趟，所以去公車站等公車。公車什麼時候來呢？

「10時」後接「過ぎ」，表示公車是在十點之後才來。

---

2 父は もう 70 過ぎです。

家父已經年過七旬了。

3 今 8時 15分 前です。

現在還有十五分鐘就八點了。

4 1年前に 子供が 生まれました。

小孩誕生於一年前。

5 まだ 20歳前ですから、お酒は 飲みません。

還沒滿二十歲，所以不能喝酒。

かた
…法、…樣子

類義表現

方法・手段＋で
用…

接續方法▶ {動詞ます形}＋かた

【方法】 表示方法、手段、程度跟情況。

動詞ます形　方法……方法
↓　　↓

例1 てんぷらの　作り方は　難しいです。
天婦羅不好作。

花子學做菜，學了一段時間了。但就是炸不好天婦羅！

將「かた」接在「作る」的動詞ます形後面，成為「作り方」表示做的方法。

2 鉛筆の　持ち方が　悪いです。
鉛筆的握法不好。

3 この　野菜は　いろいろな　食べ方が　あります。
這種蔬菜有很多種食用的方式。

4 この　住所への　行き方を　教えて　ください。
請告訴我該如何到這個地址。

5 小説は、終わりの　書き方が　難しい。
小説結尾的寫法最難。

Practice・2

問題一 問題 （ ）の ところに なにを いれますか。1・2・3・4から いちばん いい ものを 1つ えらびなさい。

1 きのうは　1にち（　　）あめが　ふりました。
1　まで　　　2　じゅう　　　3　くらい　　　4　まで

2 みなみの　くには　1ねん（　　）あついです。
1　より　　　2　ほど　　　3　じゅう　　　4　くらい

3 さいきん　3じ（　　）に　いつも　おおあめが　ふります。
1　ごろ　　　2　まで　　　3　より　　　4　に

4 まいにち　2じかん（　　）べんきょうします。
1　ごろ　　　2　に　　　3　くらい　　　4　へ

5 「コーヒーは　すきですか。」「いいえ、（　　）……。」
1　とても　　　2　ひじょうに　　3　あまり　　　4　いちばん

6 やまださん（　　）は　みんな　こうこうせいです。
1　じゅう　　　2　くらい　　　3　ほど　　　4　たち

7 さとうさん（　　）も　パーティーに　きました。
1　から　　　2　たち　　　3　ほど　　　4　くらい

8 たいようがいしゃの　（　　）は　かいぎしつに　います。
1　から　　　2　かた　　　3　がた　　　4　かだ

9 いつも　なんじ（　　）ばんごはんを　たべますか。
1　ぐらい　　　2　ごろ　　　3　へ　　　4　で

10 えいがは　3じかん（　　）でした。
1　ごろ　　　2　くらい　　　3　へ　　　4　で

11 この えいがは （　　） おもしろく ありませんでした。
　1　なぜ　　　　2　あまり　　　　3　きっと　　　　4　みんな

問題二　　問題　どの こたえが いちばん いいですか。1・2・3・4
　　　　　から いちばん いい ものを 1つ えらびなさい。

1 「えいがは どうでしたか。」「うーん、（　　） おもしろく あり
　ませんでした。」
　1　なぜ　　　　2　あまり　　　　3　きっと　　　　4　たぶん

2 「なんじに かえりますか。」「5じ（　　） かえります。」
　1　ほど　　　　2　くらい　　　　3　ごろ　　　　4　あまり

3 「えいがは なんじに はじまりますか。」「5じ（　） ですよ。」
　1　まで　　　　2　から　　　　3　あまり　　　　4　へ

4 「よく あめが ふりますね。」「そうですね。なつは 1にち（
　） あめが ふります。」
　1　まで　　　　2　に　　　　3　で　　　　4　じゅう

問題　どの　こたえが　いちばん　いいですか。1・2・3・4
から　いちばん　いい　ものを　えらびなさい。

1 A「えきから　がっこうまで　どれくらい　かかりますか。」
　　B「(　　　　　　　　)です。」
　1　10ぷんまで　　　　　　　　2　10ぷんから
　3　10ぷんくらい　　　　　　　4　10ぷんに

2 A「きのう、なにを　しましたか。」
　　B「(　　　　　　　)ねて　いました。かぜでしたから。」
　1　1にちまで　　　　　　　　2　1にちじゅう
　3　1にちだけ　　　　　　　　4　1にちを

3 A「たなかさんは、もう　かえりましたか。」
　　B「ええ、(　　　　　　　)。」
　1　もう　かえりました　　　　2　まだ　かえりました
　3　もう　かえりません　　　　4　まだ　かえります

4 A「(　　　　　　　　)、えきは　どちらですか。」
　　B「あそこに　みえるのが　えきですよ。」
　1　もしもし　　　　　　　　　2　ごめんなさい
　3　しつれいします　　　　　　4　すみませんが

5 A「たなかさんは、まだ　きませんか。」
　　B「いいえ、(　　　　　　　　　)。ほら、あそこに。」
　1　もう　きませんか　　　　　2　まだ　きましたよ
　3　もう　きましたよ　　　　　4　まだ　きますか

3. 疑問詞

≫ 内容

grammar **001**

なに、なん

什麼

類義表現
なに＋か
什麼、某個東西

接續方法▸ なに、なん＋{助詞}

1【問事物】「何（なに）／（なん）」代替名稱或情況不瞭解的事物，或用在詢問數字時。一般而言，表示「どんな（もの）」（什麼東西）時，讀作「なに」，如例（1）、（2）。

2〔唸作なん〕表示「いくつ」（多少）時讀作「なん」。但是，「何だ」、「何の」一般要讀作「なん」。詢問理由時「何で」也讀作「なん」，如例（3）～（5）。

3〔唸作なに〕詢問道具時的「何で」跟「何に」、「何と」、「何か」兩種讀法都可以，但是「なに」語感較為鄭重，而「なん」語感較為粗魯。

疑問詞……代替名稱或情況不瞭解的事物
↓

例1 明日　何を　しますか。

明天要做什麼呢？

用「何」表現不知道要做什麼事情。

啊～從今天開始放假啦！明天跟朋友做什麼好呢？去動物園？還是去游泳好呢？

2 これは　何と　何で　作りましたか。

這是用什麼和什麼做成的呢？

3 ご家族は　何人ですか。

請問你家人總共有幾位？

4 いま　何時ですか。

現在幾點呢？

5 明日は　何曜日ですか。

明天是星期幾呢？

だれ、どなた

1. 誰；2. 哪位…

類義表現
だれ＋か 誰、某人

接續方法▶ だれ、どなた＋{助詞}

1【問人】「だれ」不定稱是詢問人的詞。它相對於第一人稱，第二人稱和第三人稱，如例（1）～（3）。

2〔客氣－どなた〕「どなた」和「だれ」一樣是不定稱，但是比「だれ」說法還要客氣，如例（4）、（5）。

疑問詞……詢問人
↓

例1 あの 人は 誰ですか。

那個人是誰？

> 要詢問人就用「だれ」（誰），有禮貌的說法是「どなた」（哪位）。

> 走過去的那個帥哥是誰啊？剛剛怎麼跟妳招手呢？沒有啦！那是班上的同學啦！

だれ →

2 誰が 買い物に 行きますか。

誰要去買東西呢？

3 2月14日、チョコを 誰に あげますか。

二月十四日那天，妳要把巧克力送給誰呢？

4 これは どなたの カメラですか。

這是哪位的相機呢？

5「ごめん ください。」「はーい、どなたですか。」

「打擾一下！」「來了，請問是哪一位？」

いつ

何時、幾時

接續方法▶ いつ＋{疑問的表達方式}

【**問時間**】表示不肯定的時間或疑問。

疑問詞 → 　　　　　行為等……不肯定的時間或疑問 ↓

例1 いつ　仕事が　終わりますか。

工作什麼時候結束呢？

句中的「いつ」（什麼時候）表示不確定的時間，這句話要問的是，工作什麼時候結束呢？

哇！自從上次企畫案得獎以後，為了把企畫案具體完成，市調啦！找廠商啦！廣告啦…工作一堆。

2 いつ　国へ　帰りますか。

何時回國呢？

3 いつ　家に　着きますか。

什麼時候到家呢？

4 いつから　そこに　いましたか。

你從什麼時候就一直待在那裏了？

5 夏休みは　いつまでですか。

暑假到什麼時候結束呢？

grammar 004 いくつ

1.幾個、多少；2.幾歲

類義表現
いくら 多少

接續方法▶ {名詞（＋助詞）}＋いくつ

1【問個數】表示不確定的個數，只用在問小東西的時候，例如（1）～（3）。

2【問年齡】也可以詢問年齡，如例（4）。

3〖お＋いくつ〗「おいくつ」的「お」是敬語的接頭詞，如例（5）。

　　　　主語　　　　疑問詞……不確定個數或年齡
　　　　　↓　　　　　　　↓

例1 りんごは　いくつ　ありますか。

　　　有幾個蘋果？

要問有幾個，而且是小東西的時候就用「いくつ」(多少)。

猜猜看那幾棵樹共有幾個蘋果？猜對了免費送青森蘋果一籃喔！

---

2 いちごを　いくつ　食（た）べましたか。

　　吃了幾顆草莓呢？

3 小学校（しょうがっこう）　1年生（いちねんせい）では、漢字（かんじ）を　いくつ　習（なら）いますか。

　　請問小學一年級生需要學習多少個漢字呢？

4 「りんちゃん、年（とし）は　いくつ。」「四（よっ）つ。」

　　「小凜，妳現在幾歲？」「四歲。」

5 おいくつですか。

　　請問您幾歲？

いくら

1. 多少；2. 多少

接續方法 ▶ {名詞（＋助詞）}＋いくら

1【問價格】表示不明確的數量，一般較常用在價格上，如例（1）、（2）。

2【問數量】表示不明確的數量、程度、工資、時間、距離等，如例（3）〜（5）。

疑問詞……不明確的數量等
↓

例1 この 本は いくらですか。
　　　這本書多少錢？

留學期間，盡量過著節儉的生活。所以買書有時候都是上二手書店買的。

這本書多少錢呢？就用「いくら」（多少錢）問囉！

---

2 お金は いくら かかりますか。
　請問要花多少錢呢？

3 長さは いくら ありますか。
　長度有多長呢？

4 生まれたとき、身長は いくらでしたか。
　請問出生的時候，身高是多少呢？

5 時間は いくら かかりますか。
　要花多久時間呢？

grammar 006 どう、いかが

1. 怎樣；2. 如何

接續方法 ▶ {名詞}＋はどう（いかが）ですか

1【問狀況】「どう」詢問對方的想法及對方的健康狀況，還有不知道情況是如何或該怎麼做等，也用在勸誘時。如例（1）～（3）。

2【勸誘】「いかが」跟「どう」一樣，只是説法更有禮貌，也用在勸誘時。如例（4）、（5）。

主語　　　疑問詞……詢問想法、健康、勸誘等
↓　　　　↓

例1 テストは　どうでしたか。
　　　考試考得怎樣？

> 今天是孩子們的期末考，不知道上次期中考考差的數學，有沒有進步一些呢？

> 這裡的「どう」（怎樣），是指「テスト」（考試）的結果。

---

2 日本語は　どうですか。
　　日文怎麼樣呢？

3 これは　どう　やって　作ったんですか。
　　請問這個是怎麼做出來的呢？

4 九州旅行は　いかがでしたか。
　　九州之旅好玩嗎？

5 お茶を　いかがですか。
　　要不要來杯茶？

比　較
「どう」→ …怎樣。用在平輩、晚輩。
「いかが」→ …如何。較禮貌，用在長輩、上司。

どんな

什麼樣的

接續方法▶ どんな＋{名詞}

【問事物內容】「どんな」後接名詞，用在詢問事物的種類、內容。

疑問詞　　　名詞　　　　　行為等……問事物、內容的種類等
　↓　　　　　↓　　　　　　　　　↓

例1 どんな 車が 欲しいですか。

你想要什麼樣的車子？

這麼多車款，你想要什麼樣的車子？

「どんな」後接「車」表示「什麼樣的車子？」想要的對象要用「が」喔！

---

2 どんな 本を 読みますか。

你看什麼樣的書？

3 どんな 色が 好きですか。

你喜歡什麼顏色？

4 どんな 人と 結婚したいですか。

您想和什麼樣的人結婚呢？

5 大学で どんな ことを 勉強しましたか。

在大學裡學到了哪些東西呢？

grammar 008

どのぐらい、どれぐらい

多（久）…

類義表現
どんな
什麼樣的

接續方法▶ どのぐらい、どれぐらい＋{詢問的內容}

【問多久】 表示「多久」之意。但是也可以視句子的內容，翻譯成「多少、多少錢、多長、多遠」等。「ぐらい」也可換成「くらい」。

　　　　主語　　　　　　疑問詞　　　　　　說明等……多久等
　　　　↓　　　　　　　　↓　　　　　　　　　↓

例1 **春休みは　どのぐらい　ありますか。**

春假有多長呢？

哇！春天一到一定要賞花去。這一次的春假有多長啊？

「どのぐらい」在這裡是「多長」之意。

2　あと　どのくらいで　終わりますか。

請問大概還要多久才會結束呢？

3　どれぐらい　勉強しましたか。

你唸了多久的書？

4　私の　ことが　どれくらい　好きですか。

你有多麼喜歡我呢？

5　日本に　来て　から　どれくらいに　なりますか。

請問您來日本大約多久了呢？

なぜ、どうして

grammar 009

1. 原因是…；3. 為什麼

接續方法 ▶ なぜ、どうして＋{詢問的內容}

1 【問理由】「なぜ」跟「どうして」一樣，都是詢問理由的疑問詞，如例（1）、（2）。

2 〔口語－なんで〕口語常用「なんで」，如例（3）。

3 【問理由】「どうして」表示詢問理由的疑問詞，如例（4）。

4 〔後接のだ〕由於是詢問理由的副詞，因此常跟請求說明的「のだ／のです」一起使用，如例（5）。

疑問詞　　　　行為……詢問理由
↓　　　　　　↓

例1 なぜ　食べませんか。
　　為什麼不吃呢？

咦！這不是妳最愛吃的點心嗎？今天怎麼不吃了？

問理由就用「なぜ」（為什麼），也可以用「どうして」（為什麼）。原來是在減肥啦！

2 日本に　来たのは　なぜですか。
請問您為什麼想來日本呢？

3 なんで　会社を　やめたんですか。
請問您為什麼要辭去工作呢？

4 どうして　お腹が　痛いんですか。
為什麼肚子會痛呢？

5 どうして　元気が　ないのですか。
為什麼提不起精神呢？

比　較

「どうして」→
為什麼…。詢問事情演變的由來。

「なぜ」→
什麼原因…。比「どうして」說法更理性。

「なんで」→
怎麼會…。口語說法，最能表達個人的情緒。

なにか、だれか、どこか

1.某些、什麼；2.某人；3.去某地方

類義表現

**なにも、だれも、
どこへも**

表示全面否定

接續方法▸ なにか、だれか、どこか＋{不確定事物}

1【不確定】 具有不確定，沒辦法具體說清楚之意的「か」，接在疑問詞「なに」
的後面，表示不確定，如例（1）、（2）。

2【不確定是誰】 接在「だれ」的後面表示不確定是誰，如例（3）、（4）。

3【不確定是何處】 接在「どこ」的後面表示不肯定的某處，如例（5）。

疑問詞か　　　行為等……不確定
↓　　　　　　　↓

例1 暑いから、何か 飲みましょう。

好熱喔，去喝點什麼吧！

「何か」表示不確定
喝什麼，就是找個
什麼東西來喝吧！

今天跟朋友來戶外走走，但
是真的熱到受不了了，我們
喝個飲料休息一下吧！

---

2 その 話は、何かが おかしいです。

那件事聽起來有點奇怪。

---

3 誰か 窓を しめて ください。

誰來關一下窗戶吧！

---

4 お風呂に 入って いるとき、誰かから 電話が 来ました。

進浴室洗澡的時候，有人打電話來了。

---

5 どこかで 食事しましょう。

找個地方吃飯吧！

なにも、だれも、どこへも

也（不）…、都（不）…

接續方法▸ なにも、だれも、どこへも＋｛否定表達方式｝

【全面否定】「も」上接「なに、だれ、どこへ」等疑問詞，下接否定語，表示全面的否定。

疑問詞も　　　行為（否定）……全面否定
　　↓　　　　　　　↓

例1 今日は　何も　食べませんでした。

今天什麼也沒吃。

今天怎麼一臉蒼白，又無精打采的。

「も」前接疑問詞「何」後接否定，知道什麼也沒吃啦！妳又在減肥了，這種減肥方法不行啦！

2 何も　したく　ありません。

什麼也不想做。

3 昨日は　誰も　来ませんでした。

昨天沒有任何人來。

4 何かの　音が　しましたが、誰も　いませんでした。

好像有聽到什麼聲音，可是一個人也不在。

5 日曜日は、どこへも　行きませんでした。

星期日哪兒都沒去。

Practice・3

問題一	問題　（　　）の　ところに　なにを　いれますか。1・2・3・4から　いちばん　いい　ものを　1つ　えらびなさい。

1 デパートで　（　　）を　かいましたか。
　　1　どこ　　　2　いくつ　　　3　なに　　　4　なんで

2 ぎんこうは　（　　）から　ですか。
　　1　どれ　　　2　なんじ　　　3　なぜ　　　4　どうして

3 この　レポートは　（　　）が　かきましたか。
　　1　どれ　　　2　なに　　　3　だれ　　　4　どんな

4 この　かさは　（　　）の　ですか。
　　1　どれ　　　2　なに　　　3　どなた　　　4　どんな

5 リンさんは　（　　）まで　にほんに　いますか。
　　1　どれ　　　2　なに　　　3　いつ　　　4　どなた

6 レポートは　（　　）できますか。もう　5がつですよ。
　　1　いつ　　　2　なに　　　3　なんで　　　4　どれ

7 「たまごは　（　　）いりますか。」「5こ　いります。」
　　1　いくつ　　　2　どれ　　　3　どんな　　　4　どうして

8 NTCは　（　　）の　かいしゃですか。
　　1　どの　　　2　なん　　　3　なんじ　　　4　なんで

9 「こうさんは　（　　）ごが　じょうずですか。」「そうですね、えいごが　じょうずです。フランスごも　じょうずです。」
　　1　どの　　　2　なに　　　3　いつ　　　4　どれ

10 「ケーキを　（　　）かいますか。」「6こ　かいます。」
　　1　どんな　　　2　どれ　　　3　いくつ　　　4　いつ

11 この ほんは （　　）の ですか。
1 どれ　　　　2 なに　　　　3 だれ　　　　4 どんな

12 この りんごは 一つ （　　）ですか。
1 いくつ　　2 いくら　　3 いつ　　　　4 いま

13 「この ラーメンは （　　）ですか。」「とても おいしいですよ。」
1 いくら　　2 どう　　　3 いつ　　　　4 どんな

14 「あたらしい しごとは （　　）ですか。」「いそがしいですが、
たのしいです。」
1 いかが　　2 いくら　　3 いつ　　　　4 いつから

15 この かいしゃの しゃちょうは （　　）ですか。
1 どれ　　　　2 なに　　　　3 どなた　　4 どんな

16 むすめさんは （　　）ですか。
1 いくら　　2 いくつ　　3 いつ　　　　4 いま

17 「おちゃは （　　）ですか。」「ありがとう ございます。」
1 いくら　　2 いかが　　3 いつ　　　　4 どんな

18 「（　　）にほんごを べんきょうしますか。」「にほんの うたが
すきですから。」
1 なぜ　　　2 いつ　　　3 いつから　　4 どの

19 「きのう （　　）かいしゃを やすみましたか。」「ねつが あ
りましたから。」
1 どの　　　　2 どうして　　3 いつ　　　　4 どんな

20 「（　　）あるいて きましたか。」「じてんしゃを いもうとに
かしましたから。」
1 どの　　　　2 どうして　　3 いつ　　　　4 どんな

21 すみません、（　　）のみものを ください。
1 なに　　　　2 ある　　　　3 なにか　　4 あんな

118

22 らいしゅう　アメリカへ　いきます。（　　）　ほしいものは
ありますか。

　　1　いつ　　　　2　なに　　　　　3　なにか　　　　4　いつか

23 （　　）　ペンを　もって　いませんか。

　　1　いつか　　　2　だれか　　　　3　どこか　　　　4　どれか

24 この　ほんと　あの　ほんを　かいます。ぜんぶで　（　　）
ですか。

　　1　いつ　　　　2　いくら　　　　3　いま　　　　　4　いくつか

25 「すみません、とうきょうえきへ　いく　バスは　（　　）ですか。」
「あの　あかい　バスですよ。」

　　1　いつ　　　　2　どれ　　　　　3　どうして　　　4　いくら

26 「にほんりょうりと　たいわんりょうりと　（　　）が　すきです
か。」「たいわんりょうりが　すきです。」

　　1　どちら　　　2　いつ　　　　　3　なに　　　　　4　どんな

27 いもうとは　ともだちと　（　　）へ　いきましたよ。

　　1　いつか　　　2　だれか　　　　3　どこか　　　　4　どれか

28 （　　）　すきなものが　ありますか。プレゼントしますよ。

　　1　いつか　　　2　だれか　　　　3　どれか　　　　4　どこか

29 こんやは　（　　）　たべないで　ください。あした　けんさが　あ
りますから。

　　1　いつも　　　2　なにも　　　　3　なんでも　　　4　だれも

30 きょうしつには　（　　）　いません。みんな　かえりました。

　　1　いつも　　　2　だれも　　　　3　なにも　　　　4　どれも

31 にちようびは　（　　）　いきませんでした。つかれて　いました
から。

　　1　だれも　　　2　いつも　　　　3　どこへも　　　4　なにも

32 （　　） その　もんだいの　こたえが　わかりませんでした。
  1　だれも　　　　　　　　　　　2　どこへも
  3　なにも　　　　　　　　　　　4　どれも

33 きのうは　（　　） うちへ　きませんでした。
  1　どこも　　　　　　　　　　　2　だれも
  3　どれも　　　　　　　　　　　4　いつも

34 このごろ、おもしろい　ことが　（　　） ありません。
  1　だれも　　　　　　　　　　　2　いつも
  3　なにも　　　　　　　　　　　4　なんでも

問題二	問題　どの　こたえが　いちばん　いいですか。1・2・3・4 から　いちばん　いい　ものを　1つ　えらびなさい。

1 「（　　） がっこうを　やすみましたか。」「ねつが　ありましたから。」
  1　いつ　　　　　　　　　　　　2　どこで
  3　だれが　　　　　　　　　　　4　どうして

2 「きょうしつに　（　　） いますか。」「さとうさんと　やまださん
  がいます。」
  1　いつが　　　　　　　　　　　2　だれは
  3　いつが　　　　　　　　　　　4　だれが

3 「（　　　） こうえんまで　きましたか。」「バスで　きました。
  ちかかったです。」
  1　どんな　　　　　　　　　　　2　なんで
  3　なぜ　　　　　　　　　　　　4　だれか

4 「（　　　） ほんを　かえしますか。」「あさって　かえします。」
  1　だれが　　　　　　　　　　　2　いつ
  3　なぜ　　　　　　　　　　　　4　どうして

問題三 問題　どの　こたえが　いちばん　いいですか。1・2・3・4から　いちばん　いい　ものを　えらびなさい。

1 A「デパートで、なにを　かいましたか。」
　　B「(　　　　　　　　　)。」

1　もう　10じです　　　　　　　　2　かばんうりばです
3　スカートと　くつです　　　　　4　エレベーターの　まえです

2 A「えいがは、どう　でしたか。」
　　B「(　　　　　　　　)。」

1　ハリーポッターの　えいがです
2　10じからは　じまります
3　あまり　おもしろく　なかったです
4　とても　あたまが　いいです

3 A「にほんの　てんきは、どうですか。」
　　B「いま、(　　　　　　　　　　)。」

1　おいしいです　　　　　　　　　2　おげんきです
3　むずかしいです　　　　　　　　4　あたたかいです

4 A「ABC は、なんの　かいしゃですか。」
　　B「(　　　　　　)。」

1　アメリカに　あります
2　エレベーターの　かいしゃです
3　コンピューターが　あります
4　とても　おおきいです

5 A「おちゃは　いかがですか。」
　　B「ありがとう　ございます。(　　　　　　　　)。」

1　さようなら　　　　　　　　　　2　こんにちは
3　いただきます　　　　　　　　　4　ごちそうさま

MEMO

N5
4. 指示詞

指示代名詞「こそあど系列」

	事物	事物	場所	方向	程度	方法	範圍
こ	これ 這個	この 這個	ここ 這裡	こちら 這邊	こんな 這樣	こう 這麼	說話者一方
そ	それ 那個	その 那個	そこ 那裡	そちら 那邊	そんな 那樣	そう 這麼	聽話者一方
あ	あれ 那個	あの 那個	あそこ 那裡	あちら 那邊	あんな 那樣	ああ 那麼	說話者、聽話者 以外
ど	どれ 哪個	どの 哪個	どこ 哪裡	どちら 哪邊	どんな 哪樣	どう 怎麼	是哪個不確定

　　指示代名詞就是指示位置在哪裡囉！有了指示詞，我們就知道說話現場的事物，和說話內容中的事物在什麼位置了。日語的指示詞有下面四個系列：

こ系列—指示離說話者近的事物。
そ系列—指示離聽話者近的事物。
あ系列—指示說話者、聽話者範圍以外的事物。
ど系列—指示範圍不確定的事物。

　　指說話現場的事物時，如果這一事物離說話者近的就用「こ系列」，離聽話者近的用「そ系列」，在兩者範圍外的用「あ系列」。指示範圍不確定的用「ど系列」。

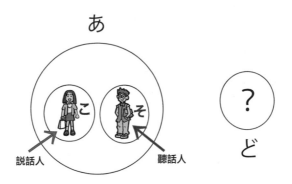

これ、それ、あれ、どれ

1. 這個；2. 那個；3. 那個；4. 哪個

類義表現
こんな、そんな、あんな、どんな
這麼…；那麼…；那麼…；哪樣…

1 **【事物－近稱】**這一組是事物指示代名詞。「これ」（這個）指離說話者近的事物，如例（1）。

2 **【事物－中稱】**「それ」（那個）指離聽話者近的事物，如例（2）、（3）。

3 **【事物－遠稱】**「あれ」（那個）指說話者、聽話者範圍以外的事物，如例（4）。

4 **【事物－不定稱】**「どれ」（哪個）表示事物的不確定和疑問，如例（5）。

指示代名詞 事物等……事物

例1 これは 何ですか。

這是什麼？

這是說話者。

這是聽話者。

這裡是左邊的說話人在指事物，所以用「これ」（這個）。

---

2 それは 山田さんの パソコンです。

那是山田先生的電腦。

---

3 それに 名前を 書いて ください。

請把名字寫在那上面。

---

4 私の うちは あれです。

我家就是那一戶。

---

5 どれが あなたの 本ですか。

哪一本是你的書呢？

この、その、あの、どの

1. 這…；2. 那…；3. 那…；4. 哪…

接續方法 ▶ この、その、あの、どの＋{名詞}

1 【連體詞－近稱】這一組是指示連體詞。連體詞跟事物指示代名詞的不同在，後面必須接名詞。「この」（這…）指離說話者近的事物，如例（1）、（2）。

2 【連體詞－中稱】「その」（那…）指離聽話者近的事物，如例（3）。

3 【連體詞－遠稱】「あの」（那…）指說話者及聽話者範圍以外的事物，如例（4）。

4 【連體詞－不定稱】「どの」（哪…）表示事物的疑問和不確定，如例（5）。

指示連體詞　名詞　　　　　　　　　　說明……事物
　　↓　　　↓　　　　　　　　　　　　　↓

例1　この　家は　とても　きれいです。

這個家非常漂亮。

「家」位置靠近說話人，所以說話人說明時用「この」。

指示連體詞後面必須接名詞，所以指示連體詞「この」（這），後面一定要接名詞「家」（家）。

2 この　本は　面白いです。

這本書很有趣。

3 その　人に　会いたいです。

我想和那個人見面。

4 あの　建物は　大使館です。

那棟建築物是大使館。

5 どの　人が　田中さんですか。

哪一個人是田中先生呢？

比　較
「これ／それ／あれ／どれ」→（這／那／那／哪）個。後不接名詞。
「この／その／あの／どの」→（這／那／那／哪）個。後接名詞。

ここ、そこ、あそこ、どこ

1. 這裡；2. 那裡；3. 那裡；4. 哪裡

類義表現
こっち、そっち、 あっち、どっち
這邊…；那邊…；那邊…；哪邊…

1 【場所－近稱】這一組是場所指示代名詞。「ここ」（這裡）指離說話者近的場所，如例（1）。

2 【場所－中稱】「そこ」（那裡）指離聽話者近的場所，如例（2）。

3 【場所－遠稱】「あそこ」（那裡）指離說話者和聽話者都遠的場所，如例（3）。

4 【場所－不定稱】「どこ」（哪裡）表示場所的疑問和不確定，如例（4）、（5）。

場所指示代名詞　　　　　行為……場所
　↓　　　　　　　　　　↓

例1 ここを　左へ　曲がります。
　　在這裡左轉。

> 今天要去山本同學家玩，好期待喔！司機先生，麻煩左轉喔！

> 在哪裡左轉呢？原來是「ここ」（這裡）就要左轉啦！

2 そこで　花を　買います。
在那邊買花。

3 あそこに　座りましょう。
我們去那邊坐吧！

4 どこへ　行くのですか。
你要去哪裡？

5 花子さんは　どこですか。
花子小姐在哪裡呢？

こちら、そちら、あちら、どちら

1. 這邊、這位；2. 那邊、那位；3. 那邊、那位；4. 哪邊、哪位

1 【方向－近稱】這一組是方向指示代名詞。「こちら」（這邊）指離說話者近的方向。也可以用來指人，指「這位」。也可以說成「こっち」，只是前面說法比較有禮貌。如例（1）、（2）。

2 【方向－中稱】「そちら」（那邊）指離聽話者近的方向。也可以用來指人，指「那位」。也可以說成「そっち」，只是前面說法比較有禮貌。如例（3）。

3 【方向－遠稱】「あちら」（那邊）指離說話者和聽話者都遠的方向。也可以用來指人，指「那位」。也可以說成「あっち」，只是前面說法比較有禮貌。如例（4）。

4 【方向－不定稱】「どちら」（哪邊）表示方向的不確定和疑問。也可以用來指人，指「哪位」。也可以說成「どっち」，只是前面說法比較有禮貌。如例（5）。

方向指示代名詞　　說明……方向跟人
↓　　　　　　　　↓

例1 こちらは　山田先生です。
這一位是山田老師。

> 咦？站在田中先生旁邊這位文質彬彬的先生是誰啊？

> 經過田中先生介紹，原來「こちら」（這位）是山田老師啊！

2 こちらへ　どうぞ。
請往這邊移駕。

3 そちらの　方は　どなたですか。
那一位是誰呢？

4 お手洗いは　あちらです。
洗手間在那邊。

5 あなたの　お国は　どちらですか。
您的國家是哪裡？

比　較

「ここ／そこ／あそこ／どこ」→
指示場所在哪裡。對平輩、晚輩使用。

「こちら／そちら／あちら／どちら」→
除了可以指示場所之外，也可用來指人。對長輩、上司使用。

Practice • 4

| 問題一 | 問題　（　）の　ところに　なにを　いれますか。1・2・3・4から　いちばん　いい　ものを　1つ　えらびなさい。 |

1 「ちんさんの　つくえは　（　　）ですか。」「いちばん　みぎの　つくえです。」

　1　どの　　　　2　どれ　　　　3　だれ　　　　4　だれの

2 「がいこくごの　ほんは　（　　）に　ありますか。」「2かいに　あります。」

　1　どれ　　　　2　どの　　　　3　だれ　　　　4　どこ

3 「すみません、おてあらいは　どちらですか。」「（　　）です。」

　1　どちら　　　2　どこ　　　　3　こちら　　　4　この

4 「（　　）おおきな　ビルは　なんですか。」「ああ、あれは　ぎんこうです。」

　1　この　　　　2　あの　　　　3　その　　　　4　どの

5 すみません、（　　）セーターは　いくらですか。

　1　どの　　　　2　この　　　　3　だれの　　　4　いつの

6 「（　　）ケーキが　おいしいですか。」「この　いちごの　ケーキが　おいしいですよ。」

　1　この　　　　2　どの　　　　3　どこ　　　　4　いつ

7 「あちらの　かたは　（　　）ですか。」「この　かいしゃの　かちょうです。」

　1　どちら　　　2　どなた　　　3　こちら　　　4　そちら

8 「かばん　うりばは　（　　）ですか。」「5かいです。」

　1　どちら　　　2　どなた　　　3　こちら　　　4　そちら

問題　どの　こたえが　いちばん　いいですか。1・2・3・4から　いちばん　いい　ものを　1つ　えらびなさい。

1 「（　　　）おおきな　たてものは　なんですか。」「あれは　ゆうびんきょくです。」

　　1　あの　　　　2　その　　　　　3　この　　　　　4　どの

2 「その　ほんは　だれの　ですか。」「ああ、これですか。（　　　）は　わたしのです。」

　　1　あれ　　　　2　それ　　　　　3　これ　　　　　4　どれ

3 「（　　　）じしょが　いいですか。」「そうですね、この　おおきいのが　いいですよ。」

　　1　この　　　　2　あの　　　　　3　その　　　　　4　どの

4 「エレベーターは　（　　　）ですか。」「こちらです。」

　　1　どの　　　　2　どれ　　　　　3　どんな　　　　4　どちら

問題三　問題　どの　こたえが　いちばん　いいですか。1・2・3・4から　いちばん　いい　ものを　えらびなさい。

1 A「たなかさんの　せきは、どこですか。」
　　B「あ、（　　　　　　　）。」

　　1　そうです　　　　　　　　　2　あそこです
　　3　こんなです　　　　　　　　4　どこです

2 A「すみません、ゆうびんきょくは（　　　　　　　）。」
　　B「あの　ビルの　となりです。」

　　1　いつですか　　　　　　　　2　だれですか
　　3　どこですか　　　　　　　　4　どうですか

130

3 A「コーヒーと　こうちゃ、（　　　　　　　）。」
　　B「コーヒーが　いいです。」
　1　どこが　いいですか　　　　　2　どちらが　いいですか
　3　いつが　いいですか　　　　　4　だれが　いいですか

4 A「（　　　　　　）いきますか。」
　　B「たなかさんと　いきます。」
　1　どこへ　　　　　　　　　　　2　いつ
　3　どうして　　　　　　　　　　4　だれと

5 A「にほんごの　べんきょうは（　　　　　）。」
　　B「むずかしいですが、おもしろいです。」
　1　いつですか　　　　　　　　　2　どこですか
　3　なぜですか　　　　　　　　　4　どうですか

MEMO

5. 形容詞

»» 内容

形容詞
（現在肯定／現在否定）

grammar 001

類義表現

形容動詞（現在肯定／現在否定）
說明事物性質與狀態；前項的否定形

1【現在肯定】{形容詞詞幹}＋い。形容詞是說明客觀事物的性質、狀態或主觀感情、感覺的詞。形容詞的詞尾是「い」，「い」的前面是語幹，因此又稱作「い形容詞」。形容詞現在肯定形，表事物目前性質、狀態等，如例（1）、（2）。

2【現在否定】{形容詞詞幹}＋く＋ない（ありません）。形容詞的否定形，是將詞尾「い」轉變成「く」，然後再加上「ない（です）」或「ありません」，如例（3）～（5）。

3【未來】現在形也含有未來的意思，例如：「明日は暑くなるでしょう／明天有可能會變熱。」

主語 　　　　　形容詞（現在肯定／否定）……客觀事物的感覺等
　↓　　　　　　　　↓

例1 この 料理は 辛いです。
　　這道料理很辣。

這句話用形容詞「辛い」（辣的），來客觀說明這道料理很辣。客氣的說法，後面接「です」。

我最愛吃印度料理了，雖然很辣。

インド料理

2 今日は 空が 青いです。
　今天的天空是湛藍的。

3 おばあちゃんの うちは 新しくないです。
　奶奶家並不是新房子。

4 日本語は 難しく ないです。
　日文並不難。

5 新聞は つまらなく ありません。
　報紙並不無聊。

形容詞現在形變化		
基本形	**青い**（藍色）	
詞幹	青	
詞尾	い	
常體	現在肯定	青い
	現在否定	青くない
敬體	現在肯定	青いです
	現在否定	青くないです 青くありません

形容詞
（過去肯定／過去否定）

類義表現
形容動詞（過去肯定／過去否定）
過去的事物性質與狀態、過去的感覺 與感情；前項的否定形

1 【**過去肯定**】{形容詞詞幹}＋かっ＋た。形容詞的過去形，表示說明過去的客觀事物的性質、狀態，以及過去的感覺、感情。形容詞的過去肯定，是將詞尾「い」改成「かっ」再加上「た」，用敬體時「かった」後面要再接「です」，如例（1）、（2）。

2 【**過去否定**】{形容詞詞幹}＋く＋ありませんでした。形容詞的過去否定，是將詞尾「い」改成「く」，再加上「ありませんでした」，如例（3）、（4）。

3 〔**～くなかった**〕{形容詞詞幹}＋く＋なかっ＋た。也可以將現在否定式的「ない」改成「なかっ」，然後加上「た」，如例（5）。

主語　　　　　　　　形容詞（過去肯定／否定）……過去客觀事物的感覺等
↓　　　　　　　　　　　↓

例1 **テストは　やさしかったです。**
考試很簡單。

看到後面的形容詞變化，知道已經考完試了。

用形容詞的過去形「やさしかった」，表示很簡單囉！再接「です」是禮貌的說法！

2 今朝は　涼しかったです。
今天早晨很涼爽。

3 お腹が　痛くて、何も　おいしくありませんでした。
肚子很痛，不管吃什麼都索然無味。

4 昨日は　暑く　ありませんでした。
昨天並不熱。

形容詞過去形變化		
基本形	青い（藍色）	
詞幹	青	
詞尾	い	
常體	過去肯定	青かった
	過去否定	青くなかった
敬體	過去肯定	青かったです
	過去否定	青くなかったです 青くありませんでした

5 元気が　出なくて、テレビも　面白く　なかったです。
提不起精神，連電視節目都覺得很乏味。

grammar 003 形容詞く＋て

1.…然後；2.又…又…；3.因為…

接續方法▶ {形容詞詞幹}＋く＋て

1【停頓】形容詞詞尾「い」改成「く」，再接上「て」，表示句子還沒説完到此暫時停頓，例如：「彼女は美しくて髪が長いです／她很美，然後頭髮是長的。」

2【並列】表示兩種屬性的並列（連接形容詞或形容動詞時），如例（1）～（3）。

3【原因】表示理由、原因之意，但其因果關係比「から」、「ので」還弱，如例（4）、（5）。

```
              形容詞くて
      形容詞      形容詞等……並列或停頓
       ↓          ↓
```

例1 **教室は 明るくて きれいです。**
　　教室又明亮又乾淨。

告訴你，又「明亮」又「乾淨」，要用「て」連接兩個形容詞，表示兩種屬性並列喔！

我們教室光線又好，每天都打掃的乾乾淨淨的。對了要把幾個形容詞連在一起，該怎麼説啊？

2 この 本は 薄くて 軽いです。
這本書又薄又輕。

3 古くて 小さい 車を 買いました。
買了一輛又舊又小的車子。

4 明日は やることが 多くて 忙しいです。
明天有很多事要忙。

5 この コーヒーは 薄くて おいしく ないです。
這杯咖啡很淡，不好喝。

grammar 004　形容詞く＋動詞

類義表現

形容動詞に＋動詞
修飾句子裡的動詞

接續方法▸{形容詞詞幹}＋く＋{動詞}

【修飾動詞】形容詞詞尾「い」改成「く」，可以修飾句子裡的動詞。

形容詞く
形容詞　動詞……修飾後面的動詞

例1 今日は　風が　強く　吹いて　います。
今日一直颳著強風。

好強的風，都
快站不穩了。

這裡的動詞「吹く」（颳），用形容詞
「強く」（強烈）來修飾，表示「颳」
這個動作，是在「強烈的」情況下進
行的。「強く」是由「強い」變化而來的。

2 今日は　早く　寝ます。
今天我要早點睡。

3 今朝は　遅く　起きました。
今天早上睡到很晚才起床。

4 元気　よく　挨拶します。
很有精神地打招呼。

5 壁を　白く　塗ります。
把牆壁漆成白色的。

形容詞＋名詞

1.…的…；2.「這…」等

類義表現
形容動詞な＋名詞
修飾名詞

接續方法▶{形容詞基本形}＋{名詞}

1 【修飾名詞】形容詞要修飾名詞，就是把名詞直接放在形容詞後面。注意喔！因為日語形容詞本身就有「…的」之意，所以不要再加「の」了喔，如例（1）～（4）。

2 【連體詞修飾名詞】還有一個修飾名詞的連體詞，可以一起記住，連體詞沒有活用，數量不多。N5 程度只要記住「この、その、あの、どの、大きな、小さな」這幾個字就可以了，如例（5）。

```
        形容詞
    ┌─────────┐
  形容詞   名詞……修飾後面的名詞
    ↓      ↓
```

例1 小さい 家を 買いました。
買了棟小房子。

這句話裡的名詞「家」（房子），在「小さい」（小的）的形容下，知道是一間小房子。

終於如願地買了自己的房子了。雖然小小的，但是看起來好溫馨，旁邊又有一棵樹。

2 暖かい コートが 欲しいです。
想要一件暖和的外套。

3 汚い トイレは 使いたく ありません。
不想去上骯髒的廁所。

4 これは いい セーターですね。
這真是件好毛衣呢！

5 大きな 家に 住みたいです。
我想住在大房子裡。

形容詞＋の

…的

類義表現
形容動詞な＋の
後接代替句子的某個名詞「の」

接續方法 ▸ {形容詞基本形}＋の

【修飾の】 形容詞後面接的「の」是一個代替名詞，代替句中前面已出現過，或是無須解釋就明白的名詞。

形容詞　代替名詞　　說明等……「の」代替句中某名詞
　↓　　　↓　　　　　　　↓

例1 トマトは　赤いのが　おいしいです。

蕃茄要紅的才好吃。

每次挑蔬果都不知道該怎麼挑，什麼樣的蕃茄才好吃呢？

這句話的形容詞「赤い」（紅的），後接「の」，這個「の」指的是，前面提過的「トマト」（蕃茄），就是「紅的蕃茄」啦！

---

2 小さいのが　いいです。

我要小的。

3 難しいのは　できません。

困難的我做不來。

4 軽いのが　欲しいです。

想要輕的。

5 寒いのは　嫌です。

不喜歡寒冷的天氣。

MEMO

6. 形容動詞

grammar 001 形容動詞（現在肯定／現在否定）

類義表現
形容詞（現在肯定／現在否定）
客觀事物的狀態或主觀感情；前項的否定形

1【現在肯定】{形容動詞詞幹}＋だ；{形容動詞詞幹}＋な＋{名詞}。形容動詞是説明事物性質與狀態等的詞。形容動詞的詞尾是「だ」，「だ」前面是語幹。後接名詞時，詞尾會變成「な」，所以形容動詞又稱作「な形容詞」。形容動詞當述語（表示主語狀態等語詞）時，詞尾「だ」改「です」是敬體説法，如例（1）、（2）。

2【疑問】{形容動詞詞幹}＋です＋か。詞尾「です」加上「か」就是疑問詞，例如（3）。

3【現在否定】{形容動詞詞幹}＋で＋は＋ない（ありません）。形容動詞的否定形，是把詞尾「だ」變成「で」，然後中間插入「は」，最後加上「ない」或「ありません」，如例（4）、（5）。

4【未來】現在形也含有未來的意思，例如：「鎌倉は夏になると、にぎやかだ／鎌倉一到夏天就很熱鬧。」

主語　　　形容動詞（現在肯定／否定）……客觀事物的狀態等
↓　　　　↓

例1 花子の　部屋は　きれいです。
花子的房間整潔乾淨。

快！快進來看！這是花子的「部屋」（房間）。花子的房間怎麼了？

形容動詞「きれいです」，是用來形容房間「整潔乾淨」。

2 この　時間、公園は　静かです。
這個時段，公園很安靜。

3 おうちの　方たちは　お元気ですか。
你家人都安好嗎？

4 「シ」と　「ツ」は、同じでは　ないです。
「シ」和「ツ」不是相同的假名。

5 この　ホテルは　有名では　ありません。
這間飯店並不有名。

形容動詞現在形變化	
基本形	**静かだ**（安靜）
詞幹	静か
詞尾	だ
常體 現在肯定	静かだ
常體 現在否定	静かではない
敬體 現在肯定	静かです
敬體 現在否定	静かではないです／静かではありません

002 形容動詞（過去肯定／過去否定）

類義表現
形容詞（過去肯定／過去否定）
過去的事物狀態、過去的感覺； 前項的否定形

1 **【過去肯定】**{形容動詞詞幹}＋だっ＋た。形容動詞的過去形，表示說明過去的客觀事物的性質、狀態，以及過去的感覺、感情。形容動詞的過去形是將現在肯定詞尾「だ」變成「だっ」再加上「た」，敬體是將詞尾「だ」改成「でし」再加上「た」，如例（1）、（2）。

2 **【過去否定】**{形容動詞詞幹}＋ではありません＋でした。形容動詞過去否定形，是將現在否定的「ではありません」後接「でした」，如例（3）。

3 〖**詞幹ではなかった**〗{形容動詞詞幹}＋では＋なかっ＋た。也可以將現在否定的「ない」改成「なかっ」，再加上「た」，如例（4）、（5）。

主語　　　　　形容動詞（過去肯定／否定）……過去客觀物的狀態等
↓　　　　　　　　　↓

例1 彼女は　昔から　きれいでした。
她以前就很漂亮。

看到「昔から」就表示從以前就一直保持一樣的狀態，是什麼狀態呢？原來是「きれいでした」（漂亮）。

在同學會上碰到了好多好久不見的朋友，其中最讓人眼睛一亮的是，佐佐木同學還是一樣漂亮耶！

2 子供の　ころ、お風呂に　入るのが　嫌でした。
小時候很討厭洗澡。

3 私は、勉強が　好きでは　ありませんでした。
我從前並不喜歡讀書。

4 彼女の　家は　立派では　なかったです。
以前她的家並不豪華。

5 小さい　ときから、丈夫では　なかったです。
從小就體弱多病。

形容動詞過去形變化		
基本形	**静かだ**（安靜）	
詞幹	静か	
詞尾	だ	
常體	過去肯定	静かだった
	過去否定	静かではなかった
敬體	過去肯定	静かでした
	過去否定	静かではなかったです 静かではありませんでした

形容動詞で

1.…然後；2.又…又…；3.因為…

接續方法▶｛形容動詞詞幹｝＋で

1【停頓】形容動詞詞尾「だ」改成「で」，表示句子還沒説完到此暫時停頓，例如：「ここは 静かで 駅に 遠いです／這裡很安靜，然後離車站很遠。」

2【並列】表示兩種屬性的並列（連接形容詞或形容動詞時）之意，如例（1）、（2）。

3【原因】表示理由、原因之意，但其因果關係比「から」、「ので」還弱，如例（3）～（5）。

形容動詞で

形容動詞　　　　形容詞等……並列或停頓

例1　**彼女は　きれいで　やさしいです。**

她又漂亮又溫柔。

喂！妳女朋友人怎麼樣？

我們看形容動詞「きれいだ」（漂亮），然後把「だ」改成「で」，再後接形容詞「やさしい」（溫柔的），知道她又漂亮又溫柔啦！

2　この　パソコンは　便利で　安いです。

這台電腦既好用又便宜。

3　お祭りは　賑やかで　楽しかったです。

神社的祭典很熱鬧，玩得很開心。

4　日曜日は、いつも　暇で　つまらないです。

星期天總是閒得發慌。

5　ここは　静かで、勉強し　やすいです。

這裡很安靜，很適合看書學習！

grammar 004

形容動詞に＋動詞

…得

類義表現
形容詞く＋動詞
修飾動詞

接續方法▶ {形容動詞詞幹}＋に＋{動詞}

【修飾動詞】形容動詞詞尾「だ」改成「に」，可以修飾句子裡的動詞。

形容動詞に
形容動詞　　　動詞……形容動詞修飾動詞

例1 庭の 花が きれいに 咲きました。
院子裡的花開得很漂亮。

我最喜歡弄些花花草草的了，妳看我們家的院子。

看動詞「咲きました」(綻開)，前面有形容動詞「きれい」(美麗)在修飾，就知道，庭院的花開得很漂亮啦！

2 トイレを きれいに 掃除しました。
把廁所打掃得乾乾淨淨。

3 子供を 大切に 育てます。
細心地養育孩子。

4 真面目に 勉強します。
認真地學習。

5 静かに 歩いて ください。
請放輕腳步走路。

形容動詞な＋名詞

…的…

接續方法▶ {形容動詞詞幹}＋な＋{名詞}

【修飾名詞】形容動詞要後接名詞，得把詞尾「だ」改成「な」，才可以修飾後面的名詞。

```
         形容動詞な
  形容動詞    名詞……形容動詞修飾名詞
    ↓       ↓
```

例1 きれいな コートですね。

好漂亮的大衣呢！

妳覺得我這件大衣如何？昨天買的。

把形容動詞「きれい」（漂亮），放在名詞「コート」（大衣）的前面來修飾，告訴她「漂亮的大衣」喔！

2 下手（へた）な 字（じ）ですね。

字寫得真難看耶。

3 彼（かれ）は 有名（ゆうめい）な 作家（さっか）です。

他是有名的作家。

4 これは 大切（たいせつ）な 本（ほん）です。

這是很重要的書。

5 いろいろな 花（はな）が 咲（さ）いて います。

五彩繽紛的花卉盛開綻放。

形容動詞な＋の
…的

類義表現

形容詞＋の
後接「の」，代替前面出現過的某名詞

接續方法▶{形容動詞詞幹}＋な＋の

【修飾の】形容動詞後面接代替句子的某個名詞「の」時，要將詞尾「だ」變成「な」。

形容動詞　代替名詞　　行為等……「の」代替句中某名詞
　↓　　　　↓　　　　↓

例1 有名_{ゆうめい}なのを 借_かります。
我要借有名的。

我要借幾本明治時期的小説來做報告，而且是當時著名的小説。

形容動詞「有名」（有名的），後面接的「の」，指的是「小説_{しょうせつ}」（小説），而且是形容動詞所形容「有名的」。

2 丈夫_{じょうぶ}なのを ください。
請給我堅固的。

3 きれいなのが いいです。
漂亮的比較好。

4 好_すきなのは どれですか。
你喜歡的是哪一個呢？

5 使_{つか}い方_{かた}が 簡単_{かんたん}なのは ありますか。
請問有沒有容易使用的呢？

Practice・5

問題一 問題 （　）の ところに なにを いれますか。1・2・3・4から いちばん いい ものを 1つ えらびなさい。

1 わたしは おかしが あまりすき （　）
1 ではありません　　　　　2 でした
3 です　　　　　　　　　　4 くありません

2 ここは とても しずか （　） いい ところです。
1 に　　　　2 の　　　　3 で　　　　4 と

3 へやを もっと （　） して ください。
1 あかるい　2 あかるく　3 あかるいに　4 あかるくに

4 この ほんは たいへん （　）です。
1 おもしろく　　　　　　　2 おもしろいで
3 おもしろいな　　　　　　4 おもしろい

5 たなかさんは とても きれい （　） やさしい ひとです。
1 に　　　　2 の　　　　3 で　　　　4 と

6 にんじんを （　） きって ください。
1 おおきいに　　　　　　　2 おおきく
3 おおきに　　　　　　　　4 おおきいで

7 （　） きれいな くつが ほしいです。
1 あたらしいの　　　　　　2 あたらしいくて
3 あたらしくて　　　　　　4 あたらしの

8 「どちらが いいですか。」「その （　） を ください。」
1 ちいさいいの　　　　　　2 ちいさいくの
3 ちいさくの　　　　　　　4 ちいさいの

9 きょうは （　　） ねて　ください。

　　1　はやい　　　2　はやく　　　3はやいの　　　4　はやいに

10 さとうさんは　つよくて　（　　）　ひとです。

　　1　親切だ　　　2　親切に　　　3　親切の　　　4　親切な

11 「このへやは　いかがですか。」「もう　すこし　（　　）が　いい
　　ですね。」

　　1　ひろい　　　2　ひろいの　　　3　ひろいだ　　　4　ひろく

12 たいわんの　なつは　（　　）　たいへんです。

　　1　あついの　　2　あつい　　　3　あついで　　　4　あつくて

<table>
<tr><td>問題二</td><td>問題　どの　こたえが　いちばん　いいですか。1・2・3・4
から　いちばん　いい　ものを　1つ　えらびなさい。</td></tr>
</table>

1 「なにか　のみますか。」「ええ、（　　）　みずを　くださいません
　　か。」

　　1　さむい　　　2　ひろい　　　3　つめたい　　　4　すずしい

2 「あめが　よく　ふりますね。」「でも、あしたの　てんきは　きっ
　　と　（　　）　なりますよ。」

　　1　いい　　　　2　いく　　　　3　よい　　　　　4　よく

3 「この　ケーキは　どうですか。」「ええ、とても　（　　）　です。」

　　1　わるい　　　2　くらい　　　3　おいしい　　　4　あかるい

4 「たなかさんは　どのひと　ですか。」「あの　（　　）　ひとです
　　よ。」

　　1　きれい　　　2　きれいで　　　3　きれいの　　　4　きれいな

問題　どの　こたえが　いちばん　いいですか。1・2・3・4
から　いちばん　いい　ものを　えらびなさい。

1 A「きのうの　えいがは　どうでしたか。」
　 B「（　　　　　　　）。」
　1　しんせつでした　　　　　　　2　とおかったです
　3　おもしろかったでした　　　　4　こわかったです

2 A「かおいろが（　　　　　　　）。だいじょうぶですか。」
　 B「うーん……。ちょっと　あたまが　いたいです。」
　1　いいですよ　　　　　　　　　2　あついですよ
　3　こいですよ　　　　　　　　　4　わるいですよ

3 A「わあ、ひとが　たくさん　ならんでいますね。」
　 B「あそこは（　　）です。」
　1　ゆうめいな　レストラン　　　2　しんせつな　こうばん
　3　ひろい　こうえん　　　　　　4　大きい　としょかん

4 A「あ、もう　3じですよ。」
　 B「じかんが（　　　　　　）。いそぎましょう。」
　1　あります　2　ありません　3　います　　　4　いません

5 A「あたらしい　へやは　どうですか。」
　 B「えきから　ちかいですが、（　　　　）。」
　1　おおきいです　　　　　　　　2　とおいです
　3　ひろいです　　　　　　　　　4　せまいです

≫ 內容

日文小秘方

　　表示人或事物的存在、動作、行為和作用的詞叫動詞。日語動詞可以分為三大類，有：

分類	ます形		辭書形	中文
一段動詞	上一段動詞	おきます すぎます おちます います	おきる すぎる おちる いる	起來 超過 掉下 在
	下一段動詞	たべます うけます おしえます ねます	たべる うける おしえる ねる	吃 受到 教授 睡覺
五段動詞	かいます かきます はなします およぎます よみます あそびます まちます		かう かく はなす およぐ よむ あそぶ まつ	購買 書寫 説 游泳 閱讀 玩耍 等待
不規則動詞	サ行變格	します	する	做
	カ行變格	きます	くる	來

動詞按形態和變化規律，可以分為 5 種：

1. 上一段動詞

　　動詞的活用詞尾，在五十音圖的「い段」上變化的叫上一段動詞。一般由有動作意義的漢字，後面加兩個平假名構成。最後一個假名為「る」。「る」前面的假名一定在「い段」上。例如：

起きる（おきる）
過ぎる（すぎる）
落ちる（おちる）

2. 下一段動詞

　　動詞的活用詞尾在五十音圖的「え段」上變化的叫下一段動詞。一般由一個有動作意義的漢字，後面加兩個平假名構成。最後一個假名為「る」。「る」前面的假名一定在「え段」上。例如：

食べる（たべる）
受ける（うける）
教える（おしえる）

　　只是，也有「る」前面不夾進其他假名的。但這個漢字讀音一般也在「い段」或「え段」上。如：

居る（いる）
寝る（ねる）
見る（みる）

3. 五段動詞

　　動詞的活用詞尾在五十音圖的「あ、い、う、え、お」五段上變化的叫五段動詞。一般由一個或兩個有動作意義的漢字，後面加一個（兩個）平假名構成。

（1）五段動詞的詞尾都是由「う段」假名構成。其中除去「る」以外，凡是「う、く、す、つ、ぬ、ふ、む」結尾的動詞，都是五段動詞。例如：

　　買う（かう）　　　　待つ（まつ）
　　書く（かく）　　　　飛ぶ（とぶ）
　　話す（はなす）　　　読む（よむ）

（2）「漢字＋る」的動詞一般為五段動詞。也就是漢字後面只加一個「る」，「る」跟漢字之間不夾有任何假名的，95 % 以上的動詞為五段動詞。例如：

　　売る（うる）　　　　走る（はしる）
　　知る（しる）　　　　要る（いる）
　　帰る（かえる）

（3）個別的五段動詞在漢字與「る」之間又加進一個假名。但這個假名不在「い段」和「え段」上，所以，不是一段動詞，而是五段動詞。例如：

　　始まる（はじまる）　　終わる（おわる）

4.サ行變格

　　サ行變格只有一個詞「する」。活用時詞尾變化都在「サ行」上，稱為サ行變格。另有一些動作性質的名詞或其他品詞＋する構成的複合詞，也稱サ行變格。例如：

結婚する（けっこんする）　　勉強する（べんきょうする）

5.カ行變格

　　只有一個動詞「来る」。因為詞尾變化在カ行，所以叫做カ行變格，由「く＋る」構成。它的詞幹和詞尾不能分開，也就是「く」既是詞幹，又是詞尾。

動詞
（現在肯定／現在否定）

2.沒…、不…

類義表現
動詞（過去肯定／過去否定） 過去的存在、行為和作用； 前項的否定形

1 **【現在肯定】**{動詞ます形}＋ます。表示人或事物的存在、動作、行為和作用的詞叫動詞。動詞現在肯定形敬體用「ます」，如例（1）〜（3）。

2 **【現在否定】**{動詞ます形}＋ません。動詞現在否定形敬體用「ません」，如例（4）、（5）。

3 **【未來】**現在形也含有未來的意思，例如：「来週日本に行く／下週去日本。」、「毎日牛乳を飲む／每天喝牛奶。」

```
對象              動詞（現在肯定／否定）……人或事物的動作等
 ↓                    ↓
```

例1　帽子を　かぶります。
戴帽子。

> 哇！今天太陽好大啊！為了避免曬傷，記得要戴帽子再出門喔！

> 對東西「帽子」（帽子）施加「かぶり」（戴）的這個動作。

動詞變化		
		現在／未來
肯定		ます
否定		ません

2　机を　並べます。
排桌子。

3　水を　飲みます。
喝水。

4　今日は　お風呂に　入りません。
今天不洗澡。

5　英語は　できません。
不懂英文。

grammar 002

動詞
（過去肯定／過去否定）

1. …了；2.（過去）不…

1【過去肯定】{動詞ます形}＋ました。動詞過去形表示人或事物過去的存在、動作、行為和作用。動詞過去肯定形敬體用「ました」，如例（1）～（3）。

2【過去否定】{動詞ます形}＋ませんでした。動詞過去否定形敬體用「ませんでした」，如例（4）、（5）。

過去時間名詞　　　　　　　　　　動詞（過去肯定／否定）……表過去的行為等
↓　　　　　　　　　　　　　　　　　　↓

例1 今日は　たくさん　働きました。
今天做了很多工作。

已經是今天早上的事情，所以動詞用「働き」（工作）的過去形「働きました」。

今天早上電話一直不斷響不停，好忙好忙喔！但接了很多筆訂單，真是令人開心！

動詞變化		
	現在／未來	過去
肯定	ます	ました
否定	ません	ませんでした

2 昨日　図書館へ　行きました。
昨天去了圖書館。

3 先週、友達に　手紙を　書きました。
上星期寫了信給朋友。

4 今日、松本さんは　学校に　来ませんでした。
今天松本同學沒來上學。

5 今日の　仕事は　終わりませんでした。
今天的工作並沒有做完。

grammar 003　動詞（基本形）

類義表現
動詞（敬體）
「です・ます」（丁寧語）形式。表示尊敬

接續方法▶ {動詞詞幹}＋動詞詞尾（如：る、く、む、す）

【辭書形】 相對於「動詞ます形」，動詞基本形説法比較隨便，一般用在關係跟自己比較親近的人之間。因為辭典上的單字用的都是基本形，所以又叫「辭書形」（又稱為「字典形」）。

　　　　道具　　　對象　　　　動詞（普通形）……用在親近的人
　　　　　↓　　　　↓　　　　　　↓

例1　箸で　ご飯を　食べる。
はし　　　はん　　　た

用筷子吃飯。

> 跟關係比較親近的人，日語一般用普通形。「食べる」的普通形是「食べる」。

> 今天跟外子到日式料理店進餐。

2　靴下を　履く。
くつした　は

穿襪子。

3　テレビを　点ける。
つ

打開電視。

4　毎日　8時間　働く。
まいにち　はちじかん　はたら

每天工作八小時。

5　まっすぐ　家に　帰る。
いえ　　かえ

直接回家。

動詞基本形	
五段動詞	拿掉動詞「ます形」的「ます」之後，最後將「い段」音節轉為「う段」音節。 **かきます→かき→かく** ka-ki-ma-su→ka-ki→ka-ku
一段動詞	拿掉動詞「ます形」的「ます」之後，直接加上「る」。 **たべます→たべ→たべる** ta-be-ma-su→ta-be→ta-be-ru
不規則動詞	**します→する　きます→くる**

※ 動詞普通否定形，請參考本章第 12 單元。

grammar 004 動詞＋名詞
…的…

接續方法▶ {動詞普通形} + {名詞}

【修飾名詞】動詞的普通形，可以直接修飾名詞。

修飾後面的名詞

動詞（普通形） 名詞……修飾
↓ ↓

例1 分（わ）からない 単語（たんご）が あります。
有不懂的單字。

唉？怎麼啦？看起來好像很苦惱的樣子。

要告訴人家有不懂的單字，要把動詞的普通形「分（わ）からない」（不知道）放在「単語（たんご）」（單字）前面，來整個說明（修飾）這個單字。

2 来週（らいしゅう） 登（のぼ）る 山（やま）は、3,000 メートルも あります。
下星期要爬的那座山，海拔高達三千公尺。

3 そこは、去年（きょねん） 私（わたし）が 行（い）った ところです。
那裡是我去年到過的地方。

4 私（わたし）が 住（す）んで いる アパートは 狭（せま）いです。
我目前住的公寓很小。

5 私（わたし）の ケーキを 食（た）べた 人（ひと）は 誰（だれ）ですか。
是誰吃掉了我的蛋糕？

grammar
005 が＋自動詞

接續方法 ▶ {名詞}＋が＋{自動詞}

【無意圖的動作】「自動詞」是因為自然等等的力量，沒有人為的意圖而發生的動作。「自動詞」不需要有目的語，就可以表達一個完整的意思。相較於「他動詞」，「自動詞」無動作的涉及對象。相當於英語的「不及物動詞」。

主語　　　　　自動詞……沒有人為意圖發生的動作
　↓　　　　　　　↓

例1 <ruby>火<rt>ひ</rt></ruby>が　<ruby>消<rt>き</rt></ruby>えました。
火熄了。

由於「熄了」，不是人為的，是自然因素，所以用自動詞「<ruby>消<rt>き</rt></ruby>えました」（熄了）。對了，「<ruby>火<rt>ひ</rt></ruby>」的後面要接助詞「が」囉！

奇怪了？火怎麼熄了！原來是風把火吹熄的啦！

2 <ruby>気温<rt>き おん</rt></ruby>が　<ruby>上<rt>あ</rt></ruby>がります。
溫度會上升。

3 <ruby>雨<rt>あめ</rt></ruby>が　<ruby>降<rt>ふ</rt></ruby>ります。
下雨。

4 <ruby>車<rt>くるま</rt></ruby>が　<ruby>止<rt>と</rt></ruby>まりました。
車停了。

5 <ruby>来月<rt>らいげつ</rt></ruby>、<ruby>誕生日<rt>たんじょう び</rt></ruby>が　<ruby>来<rt>き</rt></ruby>ます。
下個月就是生日了。

grammar 006 を＋他動詞

類義表現

通過・移動＋を＋自動詞
表示經過或移動的場所

接續方法▶ {名詞}＋を＋{他動詞}

1【有意圖的動作】名詞後面接「を」來表示動作的目的語，這樣的動詞叫「他動詞」，相當於英語的「及物動詞」。「他動詞」主要是人為的，表示影響、作用直接涉及其他事物的動作，如例（1）～（3）。

2〖他動詞たい等〗「たい」、「てください」、「てあります」等句型一起使用，如例（4）、（5）。

主語　目的語（動作對象）他動詞……有意圖地做某動作
↓　　　↓　　　　　　　↓

例1 私は　火を　消しました。
我把火弄熄了。

我把火弄熄了！火是因為我這一人為的動作而被熄了，所以用他動詞「消しました」（弄熄了）。

又動作有涉及的對象，所以「火」的後面，要接助詞「を」來表示目的語！

2 ドアを　開けます。
打開門。

3 かばんに　財布を　入れます。
把錢包放進提包裡。

4 名前と　電話番号を　教えて　くださいませんか。
請問可以告訴我您的姓名和電話嗎？

5 ほかの　人と　結婚して　あの　人を　早く　忘れたいです。
我想和其他人結婚，快點忘了那個人。

日文小秘方

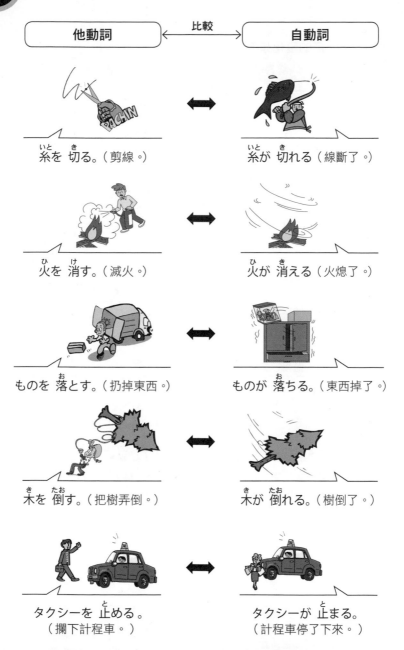

| 他動詞 | 比較 | 自動詞 |

糸を 切る。（剪線。） ⟷ 糸が 切れる（線斷了。）

火を 消す。（滅火。） ⟷ 火が 消える（火熄了。）

ものを 落とす。（扔掉東西。） ⟷ ものが 落ちる。（東西掉了。）

木を 倒す。（把樹弄倒。） ⟷ 木が 倒れる。（樹倒了。）

タクシーを 止める。（攔下計程車。） ⟷ タクシーが 止まる。（計程車停了下來。）

動詞「て」形的變化如下：

	辞書形	て形	辞書形	て形
一段動詞	みる おきる きる	みて おきて きて	たべる あげる ねる	たべて あげて ねて
五段動詞	いう あう かう	いって あって かって	あそぶ よぶ とぶ	あそんで よんで とんで
	まつ たつ もつ	まって たって もって	のむ よむ すむ	のんで よんで すんで
	とる うる つくる	とって うって つくって	しぬ	しんで
	＊いく	いって	かく きく はたらく	かいて きいて はたらいて
	はなす かす だす	はなして かして だして	およぐ ぬぐ	およいで ぬいで
不規則動詞	する 勉強します	して 勉強して	くる	きて

＊：例外

說明：

1. 一段動詞很簡單只要把結尾的「る」改成「て」就好了。

2. 五段動詞以「う、つ、る」結尾的會發生「っ」促音便。以「む、ぶ、ぬ」結尾的會發生「ん」撥音便。以「く、ぐ」結尾的會發生「い」音便。以「す」結尾的會發生「し」音便。

動詞＋て

1. 因為；2. 又…又…；3. …然後；4. 用…；5. …而…

類義表現

形容詞くて
表示停頓和並列

接續方法 ▶ {動詞て形}＋て

1 【原因】「動詞＋て」可表示原因，但其因果關係比「から」、「ので」還弱，如例（1）。

2 【並列】單純連接前後短句成一個句子，表示並舉了幾個動作或狀態，如例（2）。

3 【動作順序】用於連接行為動作的短句時，表示這些行為動作一個接著一個，按照時間順序進行，如例（3）。

4 【方法】表示行為的方法或手段，如例（4）。

5 【對比】表示對比，如例（5）。

原因　　　動詞て形　　　結果……原因
↓　　　　　↓　　　　　↓

例1 宿題を 家に 忘れて、困りました。

忘記帶作業來了，不知道該怎麼辦才好。

到學校才發現，天啊！昨天好不容易做好的功課，結果忘記帶來學校啦！一定會被老師罵慘的！

這句話用「動詞＋て」的形式，表示原因「宿題を家に忘れた」（忘記帶作業來了）。

2 夜は お酒を 飲んで、テレビを 見ます。

晚上喝喝酒，看看電視。

比 較

「て」→
…所以…。表示輕微的原因。

「ので」→
因為…。自然的因果關係、客觀的理由。

3「いただきます」と 言って ご飯を 食べます。

説完「我開動了」然後吃飯。

4 ストーブを つけて、部屋を 暖かく します。

打開暖爐讓房間變暖和。

5 夏は 海で 泳いで、冬は 山で スキーを します。

夏天到海邊游泳，冬天到山裡滑雪。

〔動詞＋ています〕

正在…

類義表現
動詞たり、 動詞たりします
有時…、有時…

接續方法▶ {動詞て形} ＋います

【動作的持續】 表示動作或事情的持續，也就是動作或事情正在進行中。

動詞　動作進行中……動作或事情的持續
↓　　　↓

例1 **伊藤さんは　電話を　して　います。**

伊藤先生在打電話。

所以用「動詞＋ています」的
形式，也就是「電話をしてい
ます」（正在打電話）了。

不好意思伊藤先生，部長
有事情要找你…咦？原來
在忙著講電話啊！

2 **キムさんは　宿題を　やって　います。**

金同學正在做功課。

3 **藤本さんは　本を　読んで　います。**

藤本小姐正在看書。

4 **お父さんは　今　お風呂に　入って　います。**

爸爸現在正在洗澡。

5 **今　何を　して　いますか。**

現在在做什麼？

grammar 009　〔動詞＋ています〕

都…

類義表現
動詞＋ています （工作） 表示現在職業

接續方法▶ {動詞て形}＋います

【動作的反覆】跟表示頻率的「毎日(まいにち)、いつも、よく、時々(ときどき)」等單詞使用，就有習慣做同一動作的意思。

頻率副詞　　　　　　動詞　　做同一動作……習慣做同一動作
　　↓　　　　　　　　↓　　　　↓

例1 毎日(まいにち) 6時(ろくじ)に 起(お)きて います。

我每天6點起床。

早睡早起身體好！我每天都6點起床。

這句話裡，雖然起床只有一次。但因為是重複性的動作，也可以當作是有繼續性的事情。

---

2 毎朝(まいあさ) いつも 紅茶(こうちゃ)を 飲(の)んで います。

每天早上習慣喝紅茶。

3 彼女(かのじょ)は いつも お金(かね)に 困(こま)って います。

她總是為錢煩惱。

4 よく 高校(こうこう)の 友人(ゆうじん)と 会(あ)って います。

我常和高中的朋友見面。

5 ときどき スポーツを して います。

偶爾會做做運動。

grammar
010 〔動詞＋ています〕

做…、是…

類義表現

動詞＋ています
（習慣性）

習慣做同一動作

接續方法▶{動詞て形}＋います

【工作】接在職業名詞後面，表示現在在做什麼職業。也表示某一動作持續到現在，也就是説話的當時。

主語　　　　　　　對象　　動詞　動作持續……現在做什麼職業
↓　　　　　　　　↓　　　↓　　↓　　　　　↓

例1 兄は　アメリカで　仕事を　して　います。

哥哥在美國工作。

哥哥在美國工作這一動作，持續到現在。

所以可以用「動詞＋ています」的形式來表示。

---

2 貿易会社で　働いて　います。

我在貿易公司上班。

3 姉は　今年から　銀行に　勤めて　います。

姊姊今年起在銀行服務。

4 李さんは　日本語を　教えて　います。

李小姐在教日文。

5 村山さんは　マンガを　描いて　います。

村山先生以畫漫畫維生。

〔動詞＋ています〕
已…了

類義表現

動詞＋ておきます
事先…

接續方法▶ {動詞て形}＋います

【狀態的結果】表示某一動作後狀態的結果還持續到現在，也就是說話的當時。

動詞　　　動作後……動作後結果或狀態的持續

例1 机の 下に 財布が 落ちて います。
錢包掉在桌子下面。

錢包掉了，是經過一段時間後，由某人發現了。這一狀態是在說話之前發生的結果，而這一動作結果還存在的狀態。

咦？這錢包怎麼掉在桌下？

2 クーラーが 点いて います。
有開冷氣。

3 窓が 閉まって います。
窗戶是關著的。

4 壁に 絵が かかって います。
牆壁上掛著畫。

5 パクさんは 今日 帽子を かぶって います。
朴先生今天戴著帽子。

grammar 012

動詞ないで

1. 沒…就…；2. 沒…反而…、不做…，而做…

接續方法▶ {動詞否定形} ＋ないで

1【附帶】 表示附帶的狀況，也就是同一個動作主體的行為「在不做…的狀態下，做…」的意思，如例（1）～（4）。

2【對比】 用於對比述説兩個事情，表示不是做前項的事，卻是做後項的事，或是發生了後項的事，如例（5）。

動詞否定形ないで

行為（附帶）　　　　行為……附帶狀況

例1 りんごを 洗わないで 食べました。
蘋果沒洗就吃了。

喂！蘋果怎麼沒洗就吃了。

這句話是説，吃蘋果這一狀態，附帶了「りんごを洗わないで」（沒洗蘋果）這一狀態。

---

2 勉強しないで テストを 受けました。
沒有讀書就去考試了。

3 財布を 持たないで 買い物に 行きました。
沒帶錢包就去買東西了。

4 ゆうべは 歯を 磨かないで 寝ました。
昨天晚上沒有刷牙就睡覺了。

5 いつも 朝は ご飯ですが、今朝は ご飯を 食べないで パンを 食べました。
平常早餐都吃飯，但今天早上吃的不是飯而是麵包。

> ### 比 較
>
> 「ないで」→
> 沒…（就）做…。語感比較柔和，一般用法。
>
> 「ず（に）」→
> 未…（就）做…。語感較生硬，書面用法居多。

grammar 013

動詞なくて

因為沒有…、不…所以…

類義表現
動詞ないで
在不做…的狀態下，做…

接續方法▶{動詞否定形}＋なくて

【原因】表示因果關係。由於無法達成、實現前項的動作，導致後項的發生。

原因　　　　結果……因果關係
↓　　　　　　↓

例1 前に　日本語を　勉強しましたが、使わなくて　忘れました。

之前有學過日語，但是沒有用就忘了。

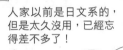
人家以前是日文系的，但是太久沒用，已經忘得差不多了！

我記得你學過日語吧，這週末可以當我的翻譯嗎？要帶一個日本客戶出去玩。

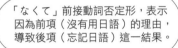
「なくて」前接動詞否定形，表示因為前項（沒有用日語）的理由，導致後項（忘記日語）這一結果。

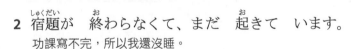

2 宿題が　終わらなくて、まだ　起きて　います。

功課寫不完，所以我還沒睡。

3 子供が　できなくて、医者に　行って　います。

一直都無法懷孕，所以去看醫生。

4 雨が　降らなくて、庭の　花が　枯れました。

遲遲沒有下雨，院子裡的花都枯了。

5 バスが　来なくて、学校に　遅れました。

巴士一直沒來，結果上學遲到了。

grammar 014

自動詞＋ています

…著、已…了

接續方法▶ {自動詞て形}＋います

【動作的結果－無意圖】 表示跟目的、意圖無關的某個動作結果或狀態，還持續到現在。相較於「他動詞＋てあります」強調人為有意圖做某動作，其結果或狀態持續著，「自動詞＋ています」強調自然、非人為的動作，所產生的結果或狀態持續著。

主語　自動詞　動作後（結果或狀態）……無意圖做的
↓　　　↓　　　↓

例1 空に　月が　出て　います。
夜空高掛著月亮。

> 而這一狀態是在說話之前發生的，且這一動作狀態還持續到現在。

> 好美的夜空喔！還有月亮呢！夜空高掛著月亮。是一種自然的現象，所以用自動詞「出る」（出來）。

2 部屋に　電気が　点いて　います。
房間裡電燈開著。

3 本が　落ちて　います。
書掉了。

4 時計が　遅れて　います。
時鐘慢了。

5 花が　咲いて　います。
花朵綻放著。

比　較

「ています」→
著…了。自然、非人為的動作，所產生的結果或狀態持續著。前接自動詞。

「てあります」→
已…了。人為有意圖做某動作，其結果或狀態持續著。前接他動詞。

他動詞＋てあります

…著、已…了

【動作的結果－有意圖】表示抱著某個目的、有意圖地去執行，當動作結束之後，那一動作的結果還存在的狀態。相較於「ておきます」（事先…）強調為了某目的，先做某動作，「てあります」強調已完成動作的狀態持續到現在。

話題　　　　　他動詞　　　動作後（結果或狀態）……有意圖做的
↓　　　　　　　↓　　　　　　↓

例1 お弁当は　もう　作って　あります。
べんとう　　　　　つく

便當已經作好了。

為了讓孩子在學校吃午餐，而做好便當。

所以這句話用「作る」（做）這一個有意圖性的他動詞。由於便當做好了這一動作的結果還存在，所以用「作って＋あります」的形式。
つく

---

2 砂糖は　買って　あります。
　さとう　　か

　　有買砂糖。

3 肉と　野菜は　切って　あります。
　にく　　やさい　　き

　　肉和蔬菜已經切好了。

4 「二階の　窓を　閉めて　きて　くだ
　　にかい　まど　し

　さい。」「もう　閉めて　あります。」
　　　　　　　　　　　し

　　「請去把二樓的窗戶關上。」「已經關好了。」

5 果物は　冷蔵庫に　入れて　あります。
　くだもの　れいぞうこ　い

　　水果已經放在冰箱裡了。

比　較
「てあります」→ 已…了。強調眼前所呈現的狀態。
「ておきます」→ 事先…了。強調為了某目的，先做某動作。

名詞

　　表示人或事物名稱的詞，多由一個或一個以上的漢字構成，也有漢字和假名混寫的，或只寫假名的。名詞沒有詞形變化，可在句中當做主語、受詞或定語。

一、日語名詞語源有：

1. 日本固有的名詞

　　水（みず）　　花（はな）　　人（ひと）　　山（やま）

2. 漢字音讀的詞（來自中國的漢字）

　　先生（せんせい）　　　教室（きょうしつ）
　　中国（ちゅうごく）　　辞典（じてん）

3. 日本自造的漢字詞（和製漢字）

　　畑（はたけ）　　辻（つじ）　　　峠（とうげ）

4. 外來語名詞（一般不含從中國引進的漢字）

　　バス (bus)　　　　　　テレビ (television)
　　ギター (guitar)　　　　コップ (cup)

二、日語名詞的構詞法有：

1. 單純名詞

　　頭（あたま）　　　　ノート（note book）
　　机（つくえ）　　　　月（つき）

2. 複合名詞

　　名詞＋名詞—縞馬（しまうま）
　　形容詞詞幹＋名詞—大雨（おおあめ）
　　動詞連用形＋名詞—飲み物（のみもの）
　　名詞＋動詞連用形—金持ち（かねもち）

3. 派生名詞

　　重さ（おもさ）　　　　遠さ（とおさ）
　　立派さ（りっぱさ）　　白さ（しろさ）

外來語

日語中的外來語，主要指從歐美語言中音譯過來的（習慣上不把從中國吸收的漢語看作外來語），其中多數來自英語。書寫時，基本上只能用片假名。但是，有一些外來語，由於很早以前就從歐美引進了，當時就以平假名或漢字書寫並保留到現在的。例：たばこ（タバコ［tabaco］）、珈琲（コーヒー［koffie］）。例如：

一、來自各國的外來語

1. 來自英語的外來語

　　バス［bus］（公共汽車）　　　　テレビ［television］（電視）

2. 來自其他語言的外來語

　　パン（麵包〈葡萄牙語〉）　　　マラカス（響葫蘆〈西班牙語〉）
　　コップ（ 杯子〈荷蘭語〉）

二、外來語的分類

1. 純粹的外來語—不加以改變，按照原意使用的外來語。例如：

　　アイロン［iron］（熨斗）　　　　カメラ［camera］（照相機）

2. 日式外來語—以英語詞彙為素材，創造出來的日式外來語。這種詞彙雖貌似英語，但卻是英語所沒有的。例如：

　　auto+bicycle →オートバイ（摩托車）
　　back+mirror →バックミラー（後照鏡）
　　salaried+man →サラリーマン（上班族）

3. 轉換詞性的外來語—

把外來語的意義或形態部分加以改變，例如：

　　アパート（公寓）　　　　マンション（高級公寓）

或添加具有日語特徵成分的詞語。例如，把具有動作性質的外來語用「外來語＋する」的方式轉變成動詞。

　　テストする（測驗）　　ノックする（敲門）　　　キスする（接吻）

還有，把外來語加上「る」，使其成為五段動詞，為口語化的用法。

　　メモる（做筆記）　　　サボる（怠工）　　　　ミスる（弄錯）

Practice • 6

問題一　問題　（　）の　ところに　なにを　いれますか。1・2・3・4から　いちばん　いい　ものを　1つ　えらびなさい。

1 かぜで　まど（　）あきました。
1　を　　　　2　で　　　　3　が　　　　4　に

2 あついですね。まど（　）あけて　ください。
1　を　　　　2　で　　　　3　が　　　　4　に

3 でんき（　）けして　ください。
1　を　　　　2　で　　　　3　が　　　　4　に

4 とつぜん　でんき（　）きえました。
1　を　　　　2　で　　　　3　が　　　　4　に

5 くつを　（　）そとに　でました。
1　はく　　　2　はいで　　3　はいて　　4　はきます

6 あさ　（　）、すぐ　かおを　あらいます。
1　おきました　　　　　　2　おきて
3　おきます　　　　　　　4　おきに

7 「しりょうは　よういして（　）か。」「いいえ、まだです。」
1　いきます　2　あります　　3　いります　4　ありません

8 かちょうは　いま　でんわに（　）。
1　でて　あります　　　　2　でて　いります
3　でて　ありません　　　4　でて　います

9 かないは　かいものに（　）。
1　いきましょう　　　　　2　いって　います
3　いきますか　　　　　　4　いて　います

10 テーブルの　うえに　コップが　（　　）。

　1　おいて　います　　　　　　2　おいて　あります

　3　おきます　　　　　　　　　4　います

11 わたしの　ケーキを　（　　）ください。

　1　たべなくて　　　　　　　　2　たべないで

　3　たべません　　　　　　　　4　たべない

12 きょうかしょを　（　　）　こたえて　ください。

　1　みます　　2　みないで　　3　みまして　　4　みました

問題二	問題　どの　こたえが　いちばん　いいですか。1・2・3・4から　いちばん　いい　ものを　1つ　えらびなさい

1　「はいざらを　くださいませんか。」「ここで　たばこは　（　　）ください。」

　1　すって　　2　すいます　　3　すわないで　　4　すいません

2　「いとうさんは　いますか。」「すみません　いま　ほかの　かいしゃに　（　　）。」

　1　いきます　　　　　　　　　2　いって　います

　3　いって　あります　　　　　4　いって　おきます

3　「この　たんごの　いみが　わかりません。」「じしょで　（　　）ください。」

　1　しらべる　　　　　　　　　2　しらべます

　3　しらべないで　　　　　　　4　しらべて

4　「よるは　なにを　しますか。」「かぞくと　ばんごはんを　（　　）テレビを　みます。」

　1　たべますて　　　　　　　　2　たべるて

　3　たべて　　　　　　　　　　4　たべに

問題　どの　こたえが　いちばん　いいですか。1・2・3・4
からいちばん　いい　ものを　えらびなさい。

1 A「あついですね。まどを（　　　　　　）。」
　　B「あ、ありがとう　ございます。」
　1　あけませんか　　　　　　　　2　あけましょうか
　3　しめませんか　　　　　　　　4　しめましょうか

2 A「くらいですね。でんきを（　　　　　　）。」
　　B「はい、わかりました。」
　1　つけません　　　　　　　　　2　つけました
　3　つけて　ください　　　　　　4　つけないでしょう

3 A「さとうさんは　いますか。」
　　B「すみません、いま　おふろに（　　　　）。」
　1　はいりません　　　　　　　　2　はいって　います
　3　はいりましたか　　　　　　　4　はいりませんか

4 A「すみません、きょうかしょを（　　　　）。」
　　B「じゃ、となりの　クラスの　ひとに　かりて　ください。」
　1　かします　　　　　　　　　　2　あります
　3　わすれました　　　　　　　　4　ありません

5 A「おんせんですか。いいですね。（　　　　　　）。」
　　B「かぞくと　いきました。」
　1　どこへ　いきましたか　　　2　だれと　いきましたか
　3　いつ　いきましたか　　　　4　どうして　いきましたか

8. 句型

▶▶ 内容

grammar 001

名詞をください

1. 我要…、給我…；2. 給我（數量）…

類義表現

動詞てください
請…

接續方法▶ {名詞}＋をください

1【請求－物品】 表示想要什麼的時候，跟某人要求某事物，如例（1）～（3）。

2〖～を數量ください〗 要加上數量用「名詞＋を＋數量＋ください」的形式，外國人在語順上經常會說成「數量＋の＋名詞＋をください」，雖然不能說是錯的，但日本人一般不這麼說，如例（4）、（5）。

某物　　　　　我要……跟某人要求某物
　↓　　　　　　↓

例1 ジュースを　ください。
我要果汁。

歡迎光臨！
您要點什麼？

店員問你要點什麼？只要在「をください」前面，加上自己想要的東西，就可以了。

---

2 赤い　りんごを　ください。
　　　あか
　請給我紅蘋果。

3 すみません、お箸を　ください。
　　　　　　　　　はし
　不好意思，請給我筷子。

4 紙を　1枚　ください。
　　かみ　いちまい
　請給我一張紙。

5 水を　少し　ください。
　　みず　すこ
　請給我一點水。

動詞てください

請…

接續方法▶ {動詞て形}＋ください

【請求－動作】表示請求、指示或命令某人做某事。一般常用在老師對學生、上司對部屬、醫生對病人等指示、命令的時候。

　　　　　某事　　　　　　　　請做……請求某人做某事
　　　　　　↓　　　　　　　　　　　↓

例1 口を 大きく 開けて ください。
　　請把嘴巴張大。

> 只是「てください」也不算是強制性的，決定權還是在病人身上。

> 醫生指示病人張開嘴巴，而病人當然要按照醫生的指示去做囉！

比　較

「てください」→
請…。客氣地請求、命令、指示對方做某事。

「なさい」→
要…。含有命令的語氣，請求、命令、指示對方做某事。

2 この 問題が 分かりません。教えて ください。
　　這道題目我不知道該怎麼解，麻煩教我。

3 本屋で 雑誌を 買って きて ください。
　　請到書店買一本雜誌回來。

4 食事の 前に 手を 洗って ください。
　　用餐前請先洗手。

5 大きな 声で 読んで ください。
　　請大聲朗讀。

ないでください

1. 請不要…；2. 請您不要…

類義表現

動詞ないで
在不做…的狀態下，做…

1 【請求不要】{動詞否定形}＋ないでください。表示否定的請求命令，請求對方不要做某事，如例（1）～（3）。
2 【婉轉請求】{動詞否定形}＋ないでくださいませんか。為更委婉的說法，表示婉轉請求對方不要做某事，如例（4）、（5）。

　　　　　某事　　　　請不要做……否定的請求
　　　　　 ↓　　　　　　　 ↓

例1 写真を　撮らないで　ください。
請不要拍照。

請對方不要拍照
就用這句話。

在日本很多公共場所
都是禁止拍攝的喔！

2 授業中は　しゃべらないで　ください。
上課時請不要講話。

3 大人は　乗らないで　ください。
成年人請勿騎乗。

4 電気を　消さないで　くださいませんか。
可以麻煩不要關燈嗎？

5 大きな　声を　出さないで　くださいませんか。
可以麻煩不要發出很大的聲音嗎？

grammar 004　動詞てくださいませんか
能不能請您…

接續方法▶｛動詞て形｝＋くださいませんか

【**客氣請求**】跟「てください」一樣表示請求，但説法更有禮貌。由於請求的內容給對方負擔較大，因此有婉轉地詢問對方是否願意的語氣。也使用於向長輩等上位者請託的時候。

某事　　　　　　　　能不能請您（幫我）……禮貌的請求
↓　　　　　　　　　↓

例1　お名前を　教えて　くださいませんか。
　　　　な まえ　　おし
能不能告訴我您的尊姓大名？

會席上，看到 A 公司的老闆。為了拉生意，趕快上前打聲招呼。

跟對方當然要按照去做「てください」相比，「てくださいませんか」可以用在對方不一定要照著做的時候，所以説法要更客氣。

比　較
「てください」 → 請…。有禮貌地請對方做某事。
「てくださいませんか」 → 能否請您…。較客氣，問對方是否願意這樣做。

2　しょう油を　取って　くださいませんか。
　　　　ゆ　　と
可以把醬油遞給我嗎？

3　電話番号を　書いて　くださいませんか。
　でん わ ばんごう　　か
能否請您寫下電話號碼？

4　東京へ　一緒に　来て　くださいませんか。
　とうきょう　いっしょ　き
能否請您一起去東京？

5　ちょっと　荷物を　見て　いて　くださいませんか。
　　　　　　に もつ　　み
可以幫我看一下行李嗎？

動詞ましょう

1. 做…吧；2. 就那麼辦吧；3. …吧

接續方法▶ {動詞ます形}＋ましょう

1 **【勸誘】**表示勸誘對方跟自己一起做某事。一般用在做那一行為、動作，事先已經規定好，或已經成為習慣的情況，如例（1）～（3）。

2 **【主張】**也用在回答時，表示贊同對方的提議，如例（4）。

3 **【倡導】**請注意例（5），實質上是在下命令，但以勸誘的方式，讓語感較為婉轉。不用在說話人身上。

某動作　（一起）做吧……勸誘
↓　　　　　↓

例1 ちょっと 休みましょう。

休息一下吧！

一路爬山到這裡，真是累人。

哥！「ちょっと休みましょう」（休息一下吧）！

---

2 ９時半に 会いましょう。

就約九點半見面吧！

3 今度 一緒に 飲みましょう。

下回一起小酌幾杯吧！

4 ええ、そうしましょう。

好的，就這麼做吧。

5 右と 左を よく 見て から 道を 渡りましょう。

請注意左右來車之後再過馬路喔！

grammar 006

動詞ましょうか

1. 我來（為你）…吧；2. 我們（一起）…吧

類義表現

動詞ましょう
做…吧

接續方法▶ {動詞ます形}＋ましょうか

1【提議】這個句型有兩個意思，一個是表示提議，想為對方做某件事情並徵求對方同意，如例（1）、（2）。

2【邀約】另一個是表示邀請對方一起做某事，相當於「ましょう」，但是是站在對方的立場著想才進行邀約，如例（3）～（5）。

想為對方做的事……提議
↓

例1 **大きな 荷物ですね。持ちましょうか。**

好大件的行李啊，我來幫你提吧？

太太這行李這麼大，我來幫你提吧！

想要幫太太忙提行李，就用「持つ」加上「ましょう」來問問她吧。

---

2 大変ですね。手伝いましょうか。

真是辛苦啊！我來幫你吧！

---

3 もう 6時ですね。帰りましょうか。

已經六點了呢，我們回家吧？

---

4 公園で お弁当を 食べましょうか。

我們在公園吃便當吧？

---

5 ここに 座りましょうか。

我們坐在這裡吧！

grammar 007 動詞ませんか

要不要…吧

接續方法▶ {動詞ます形}＋ませんか

【勸誘】表示行為、動作是否要做，在尊敬對方抉擇的情況下，有禮貌地勸誘對方，跟自己一起做某事。

某動作 要不要（一起）做吧……勸誘
↓ ↓

例1 週末、遊園地へ 行きませんか。

週末要不要一起去遊樂園玩？

學姊平常都很照顧我，聽說她很喜歡遊樂園，所以想約她去玩。

不知道她能不能挪出時間，那就用有禮貌的方式「行きませんか」約她吧！

---

2 タクシーで 帰りませんか。

要不要搭計程車回去呢？

3 今晩、食事に 行きませんか。

今晚要不要一起去吃飯？

4 明日、一緒に 映画を 見ませんか。

明天要不要一起去看電影？

5 ちょっと 散歩しませんか。

要不要去散散步呢？

比 較

「**ませんか**」→

要不要（一起）…。較客氣，在尊重對方意願之下，邀請對方一起做某事。

「**ましょう**」→

（一起）做…。請對方一起做某事。且該動作，是事先規定好、已經是習慣的了。

184

grammar 008 名詞がほしい

1. …想要…；2. 不想要…

接續方法▶ {名詞}＋が＋ほしい

1【希望－物品】 表示説話人（第一人稱）想要把什麼東西弄到手，想要把什麼東西變成自己的，希望得到某物的句型。「ほしい」是表示感情的形容詞。希望得到的東西，用「が」來表示。疑問句時表示聽話者的希望，如例（1）～（3）。

2〖否定－は〗 否定的時候較常使用「は」，如例（4）、（5）。

某物　　　　　想要……説話人想得到某物
↓　　　　　　↓

例1 私は　自分の　部屋が　欲しいです。

我想要有自己的房間。

我都高中了，還要跟兩個弟妹睡一個房間。

「が欲しい」（想要…），表示説話人希望得到某物。至於，希望得到的東西「自己的房間」，要用「が」表示喔！

---

2 新しい　洋服が　欲しいです。

我想要新的洋裝。

3 もっと　時間が　欲しいです。

我想要多一點的時間。

4 車は　欲しく　ないです。

不想買車。

5 子供は　欲しく　ありません。

不想生小孩。

動詞たい

1. 想要…；3. 想要…呢？；4. 不想…

接續方法▶{動詞ます形}＋たい

1【希望－行為】表示説話人（第一人稱）內心希望某一行為能實現，或是強烈的願望，如例（1）。

2〖～が他動詞たい〗使用他動詞時，常將原本搭配的助詞「を」，改成助詞「が」，如例（2）。

3〖疑問句〗用於疑問句時，表示聽話者的願望，如例（3）。

4〖否定－たくない〗否定時用「たくない」、「たくありません」，如例（4）、（5）。

某行為　　　　想要做（第一人稱）……說話人內心希望
　↓　　　　　　　↓

例1 私は 医者に なりたいです。
　　我想當醫生。

看看這句話前面的動詞，原來他是想要「医者になる」（當醫生）呢！

山田醫生醫術精湛，人又很酷！我長大以後要像山田醫生一樣。

---

2 果物が 食べたいです。
　　我想要吃水果。

3 何が 飲みたいですか。
　　想喝什麼呢？

4 お酒は 飲みたく ないです。
　　不想喝酒。

5 疲れて いるので 出かけたく ありません。
　　覺得很累，所以不想出門。

比　較
「たい」→ 希望某一行為能實現。用在第一人稱。 「ほしい」→ 希望能得到某物。用在第一人稱。

grammar 010 とき

1. …的時候；2. 時候；3. 時、時候

1【同時】{名詞＋の；形容動詞＋な；形容詞・動詞普通形}＋とき。表示與此同時並行發生其他的事情，如例（1）～（3）。

2【時間點－之後】{動詞過去形＋とき＋動詞現在形句子}。「とき」前後的動詞時態也可能不同，表示實現前者後，後者才成立，如例（4）。

3【時間點－之前】{動詞現在形＋とき＋動詞過去形句子}。強調後者比前者早發生，如例（5）。

同時發生其他事情

時間點 　　　　　　　　　　　　　　　動作……動作並行
↓　　　　　　　　　　　　　　　　　　　　↓

例1 休みの　とき、よく　デパートに　行きます。

休假的時候，我經常去逛百貨公司。

> 平常工作滿檔，都是藉由去百貨公司購物來消解壓力的！雖然扛回家很累，但是看到這堆戰利品，就好滿足！

> 是什麼時候去逛的呢？這時候只要看接在「とき」的前面，就知道囉！就是「休み」（休息）的時候啦！

---

2 10歳の　とき、入院しました。

十歲的時候住院了。

3 暇なとき、公園へ　散歩に　行きます。

有空時會去公園散步。

4 新幹線に　乗ったとき、いつも　駅弁を　食べます。

每次搭新幹線列車的時候，總是會吃火車便當。

5 昨日も、新幹線に　乗るとき、ホームで　駅弁を　買いました。

昨天搭新幹線列車時，也在月台買了火車便當。

比　較
「ごろ」→ 大約在…左右。時間不是很明確，大概是在那個時候。
「とき」→ …的時候。在那時間發生了某事。有明確的時間點。

動詞ながら

1.一邊…一邊…；2.一面…一面…

類義表現

動詞＋て（時間順序）
動作按時間順序做

接續方法▶｛動詞ます形｝＋ながら

1【同時】表示同一主體同時進行兩個動作，此時後面的動作是主要的動作，前面的動作為伴隨的次要動作，如例（1）〜（3）。

2〖長期的狀態〗也可使用於長時間狀態下，所同時進行的動作，如例（4）、（5）。

同一人同時進行兩動作

次要動作　　　　　　　主要動作……動作並行

例1 音楽を　聞きながら　ご飯を　作りました。
一面聽音樂一面做了飯。

哇！山田太太心情很好，還邊聽音樂邊做飯呢！

這句話知道「做飯」是山田太太主要的動作，而「聽音樂」是伴隨前面行為的次要動作。

2 歌を　歌いながら　歩きました。
一面唱歌一面走路了。

3 トイレに　入りながら　新聞を　読みます。
一邊上廁所一邊看報紙。

4 中学を　出てから、昼間は　働きながら　夜　高校に　通って　卒業しました。
從中學畢業以後，一面白天工作一面上高中夜校，靠半工半讀畢業了。

5 銀行に　勤めながら、小説も　書いて　います。
一方面在銀行工作，同時也從事小説寫作。

動詞てから

1.先做…，然後再做…；2.從…

類義表現
動詞たあとで
…以後…

接續方法▸｛動詞て形｝＋から

1【動作順序】 結合兩個句子，表示動作順序，強調先做前項的動作或前項事態成立，再進行後句的動作，如例（1）～（3）。

2【起點】 表示某動作、持續狀態的起點，如例（4）、（5）。

強調前句

先做的動作（強調）　　　　　　　後做的動作……動作順序

例1 お風呂に 入って から、晩ご飯を 食べます。
洗完澡後吃晚飯。

> 洗完澡以後，食慾就會大增。

> 這句話敘述「吃飯」前要幹什麼呢？強調要先「洗澡」啦！

2 宿題を やって から 遊びます。
做完作業之後才可以玩。

3 夜、歯を 磨いて から 寝ます。
晚上刷完牙以後才睡覺。

4 今月に 入って から、毎日 とても 暑いです。
這個月以來，每天都非常炎熱。

5 日本語の 勉強を 始めて から、まだ 3ヶ月です。
自從開始學日語到現在，也才三個月而已。

動詞たあとで、動詞たあと

1. …以後…；2. …以後

接續方法 ▶ {動詞た形}＋あとで；{動詞た形}＋あと

1 **【前後關係】**表示前項的動作做完後，做後項的動作。是一種按照時間順序，客觀敘述事情發生經過的表現，而前後兩項動作相隔一定的時間發生，如例（1）、（2）。

2 **〖繼續狀態〗**後項如果是前項發生後，而繼續的行為或狀態時，就用「あと」，如例（3）～（5）。

按時間順序

先做的動作   後做的動作……動作順序

例1 子供が 寝た あとで、本を 読みます。

等孩子睡了以後會看看書。

呼～有了孩子之後，專屬自己的時間就減少了。

不過，只要可愛的孩子們「寝たあと」（睡了以後），就可以看一直想看的小說了。

---

2 掃除したあとで、出かけます。

打掃後出門去。

3 授業が 始まった あと、お腹が 痛く なりました。

開始上課以後，肚子忽然痛了起來。

4 弟は、宿題を したあと、テレビを 見て います。

弟弟做完作業以後才看電視。

5 お母さんは、お風呂に 入ったあと、ビールを 飲んで います。

媽媽洗完澡以後會喝啤酒。

比 較

「てから」→
強調先做前項動作，或因前項成立，再進行後項動作。

「たあとで」→
客觀地敘述前後兩動作的順序，相隔一定時間發生。

grammar 014 名詞＋の＋あとで、名詞＋の＋あと

1. …後；2. …後、…以後

類義表現
名詞＋の
＋まえに
…前

接續方法▶ ｛名詞｝＋の＋あとで；｛名詞｝＋の＋あと

1【前後關係】表示完成前項事情之後，進行後項行為，如例（1）～（3）。

2【順序】只單純表示順序的時候，後面接不接「で」都可以。後接「で」有強調「不是其他時間，而是現在這個時刻」的語感，如例（4）、（5）。

先做的動作
↓
後做的動作 ⋯⋯⋯動作順序
↓

例1 トイレの あとで お風呂に 入ります。
上完廁所後洗澡。

我習慣上完廁所後再洗澡，這樣既乾淨又暢快。

用表示動作順序的「のあとで」（…後），表示前項是先做動作「トイレ（省略了に行く）」（上廁所），後項是後做的動作「お風呂に入ります」（洗澡）。

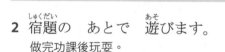

2 宿題の あとで 遊びます。
做完功課後玩耍。

3 テレビの あとで 寝ます。
看完電視後睡覺。

4 ご飯の あと、お茶を 飲みます。
吃完飯以後喝茶。

5 今日、仕事の あと、飲みに 行きませんか。
今天工作結束後，要不要一起去喝一杯呢？

動詞まえに

…之前，先…

類義表現
動詞てから
先做…，然後再做…；從…

接續方法▶{動詞辭書形}＋まえに

1 【前後關係】表示動作的順序，也就是做前項動作之前，先做後項的動作，如例（1）～（3）。

2 〔辭書形前に～過去形〕即使句尾動詞是過去形，「まえに」前面還是要接動詞辭書形，如例（4）、（5）。

做前項之前，先做後項

後做的動作 ← 先做的動作……動作順序

例1 私は　いつも、寝る　前に　歯を　磨きます。

我都是睡前刷牙。

「寝る」（睡覺）前，先做什麼呢？

原來是先「歯を磨きます」（刷牙）啦！

---

2 暗く　なる　前に　うちに　帰ります。

要在天黑前回家。

3 Ｎ５の　テストを　受ける　前に、勉強します。

在接受 N5 測驗之前用功研讀。

4 友達の　うちへ　行く　前に、電話を　かけました。

去朋友家前，先打了電話。

5 テレビを　見る　前に、晩ご飯を　食べました。

在看電視之前吃了晚餐。

名詞＋の＋まえに

…前、…的前面

類義表現
までに
在…之前、到…為止

接續方法▶ {名詞}＋の＋まえに

【前後關係】 表示空間上的前面，或做某事之前先進行後項行為。

後做的動作
↓

先做的動作……動作順序
↓

例1 仕事の　前に　コーヒーを　飲みます。

工作前先喝杯咖啡。

用表示動作順序的「の前に」（…之前），表示前項是後做的動作「仕事」（工作），後項是先做的動作「コーヒーを飲みます」（喝杯咖啡）。

聽說辦公前先喝杯咖啡，工作時或可幫助減輕肩頸痠痛喔！

---

2 食事の　前に　手を　洗います。

吃飯前先洗手。

---

3 勉強の　前に　テレビを　見ます。

讀書前先看電視。

---

4 掃除の　前に　洗濯を　します。

在打掃之前先洗衣服。

---

5 買い物の　前に　銀行へ　行きます。

在買東西之前先去銀行。

でしょう

1. 也許…、可能…；2. 大概…吧；3. …對吧

接續方法▶ {名詞；形容動詞詞幹；形容詞・動詞普通形}＋でしょう

1【推測】 伴隨降調，表示說話者的推測，說話者不是很確定，不像「です」那麼肯定，如例（1）、（2）。

2〖たぶん～でしょう〗 常跟「たぶん」一起使用，如例（3）。

3【確認】 表示向對方確認某件事情，或是徵詢對方的同意，如例（4）、（5）。

某事　　大概（降調）吧……說話者的推測
　↓　　　　　↓

例1 明日は　風が　強いでしょう。
明天風很強吧！

根據氣象的一些資料、數據判斷，明天可能風很強吧！

「でしょう」伴隨降調，表示說話者的推測。

2「この　仕事、明日までに　できますか。」「はい、大丈夫でしょう。」
「這件工作在明天之前有辦法完成嗎？」「可以，應該沒問題吧！」

3 坂本さんは　たぶん　来ないでしょう。
坂本先生大概不會來吧！

4 それは　違うでしょう。
那樣不對吧？

5 この　作文、お父さんか　お母さんが　書いたでしょう。
這篇作文，是由爸爸或媽媽寫的吧？

比較

「でしょう」→
大概…、應該…。說話者不是很確定的推測。

「はずです」→
（按理來說）應該…。就自己的瞭解，做比較有把握的推斷。

動詞たり～動詞たりします

1. 又是…，又是…；3. 一會兒…，一會兒…；4. 有時…，有時…

接續方法▶{動詞た形}＋り＋{動詞た形}＋り＋する

1 **【列舉】**可表示動作並列，意指從幾個動作之中，例舉出 2、3 個有代表性的，並暗示還有其他的，如例（1）、（2）。

2 〖**動詞たり**〗表並列用法時，「動詞たり」有時只會出現一次，如例（3），但基本上「動詞たり」還是會連用兩次。

3 **【反覆】**表示動作的反覆實行，如例（4）。

4 **【對比】**用於説明兩種對比的情況，如例（5）。

<table>
<tr><td>

補充

「たり、～たりします」也可以接其他的詞性，如形容詞：
お母さんは、優しかったり 怖かったりします。（媽媽有時候溫柔，有時候很兇。）；
或名詞：朝ご飯は、ご飯だったり パンだったりします。
（早餐有時候吃飯，有時候吃麵包。）

</td></tr>
</table>

動作的並列

動作 1　　　　　動作 2……暗示還有其他動作

例1 休みの 日は、掃除を したり 洗濯を したり する。

假日又是打掃、又是洗衣服等等。

星期假日都做些什麼事呢？

這句話雖然只説「打掃」跟「洗衣服」，但是暗示還有其他的。譬如「購物」之類的。

比較

「たり～たりする」→ 動作不是同時發生，只表示各種動作。

「ながら」→兩個動作同時做。

---

2 ゆうべの パーティーでは、飲んだり 食べたり 歌ったり しました。

在昨晚那場派對上吃吃喝喝又唱了歌。

3 今度の 台湾旅行では、台湾茶の お店に 行ったりしたいです。

下回去台灣旅遊的時候，希望能去販賣台灣茶的茶行。

4 さっきから 銀行の 前を 行ったり 来たりして いる 人が いる。

有個人從剛才就一直在銀行前面走來走去的。（請注意不可使用「来たり行ったり」）

5 病気で 体温が 上がったり 下がったりして います。

因為生病而體溫忽高忽低的。

grammar
019

形容詞く＋なります

1. 變…；2. 變得…

接續方法▶{形容詞詞幹}＋く＋なります

1【變化】形容詞後面接「なります」，要把詞尾的「い」變成「く」。表示事物本身產生的自然變化，這種變化並非人為意圖性的施加作用，如例（1）～（3）。

2〔人為〕即使變化是人為造成的，若重點不在「誰改變的」，也可用此文法，如例（4）、（5）。

改變的人或物　形容詞　　自動詞……事物自然的變化
　　↓　　　　　↓　　　　　↓

例1 西の 空が 赤く なりました。
西邊的天空變紅了。

好美的夕陽喔！

「西の空」是在自然的現象下變紅的，所以用自動詞「なりました」。

2 春が 来て、暖かく なりました。
春天到來，天氣變暖和了。

3 子供は すぐに 大きく なります。
小孩子一轉眼就長大了。

4 夕方は 魚が 安く なります。
到了傍晚，魚價會變得比較便宜。

5 来月から 牛乳が 高く なります。
從下個月起牛奶要漲價。

形容動詞に＋なります

變成…

類義表現
名詞に＋なります
表示不是人為的事物的變化

接續方法 ▶ {形容動詞詞幹}＋に＋なります

【變化】表示事物的變化。如上一單元說的，「なります」的變化不是人為有意圖性的，是在無意識中物體本身產生的自然變化。而即使變化是人為造成的，如果重點不在「誰改變的」，也可用此文法。形容動詞後面接「なります」，要把語尾的「だ」變成「に」。

改變的人或物 → 　形容動詞 → 　自動詞……事物自然的變化 →

例1 　彼女は　最近　きれいに　なりました。

她最近變漂亮了。

哇！那是山田小姐嗎？她變漂亮了！真是女大18變啊！

山田小姐以前還是個小黃毛丫頭，不知不覺一長大就變漂亮了，所以用自動詞「なります」。

2 体が　丈夫に　なりました。

身體變強壯了。

3 浦田さんの　ことが　好きに　なりました。

喜歡上浦田小姐了。

4 この　街は　賑やかに　なりました。

這條街變熱鬧了。

5 バスが　増えて　便利に　なりました。

巴士班次增加以後變得方便多了。

名詞に＋なります

1. 變成…；2. 成為…

類義表現

形容動詞に＋します
表示人為的事物的變化

接續方法▶ {名詞}＋に＋なります

1【變化】 表示在無意識中，事態本身產生的自然變化，這種變化並非人為有意圖性的，如例（1）～（3）。

2〖人為〗 即使變化是人為造成的，若重點不在「誰改變的」，也可用此文法，如例（4）、（5）。

名詞　　　　　自動詞……事物自然的變化
↓　　　　　　↓

例1 もう　夏に　なりました。
已經是夏天了。

最近路上大家都已經穿起短袖短褲來了，看來夏天已經到了。

在無意識中，有了「夏」這個變化，而且是自然的變化喔！

2 今日は　３９度に　なりました。
今天的氣溫是三十九度。

3 早く　大人に　なって、お酒を　飲みたいです。
我希望趕快變成大人，這樣就能喝酒了。

4 娘は、４月から　小学生に　なります。
小女從四月起就要上小學。

5 あそこは　前は　喫茶店でしたが、すし屋に　なりました。
那裡以前開了家咖啡廳，後來改成壽司料理店了。

形容詞く＋します

使變成…

類義表現

形容動詞に＋します
表示人為的事物的變化

接續方法▶ {形容詞詞幹}＋く＋します

【變化】表示事物的變化。跟「なります」比較，「なります」的變化不是人為有意圖性的，是在無意識中物體本身產生的自然變化；而「します」是表示人為的有意圖性的施加作用，而產生變化。形容詞後面接「します」，要把詞尾的「い」變成「く」。

被改變的人或物　形容詞　　　他動詞……有意圖的使其變化
　　↓　　　　　　↓　　　　　　　↓

例1 部屋を　暖かく　しました。
へや　あたた

房間弄暖和。

> 好冷喔！老伴拿出暖爐，把房間弄暖和吧！

> 由於把房間弄暖和，是人為有意圖使它變化的，所以用他動詞「します」。

2 壁を　白く　します。
かべ　しろ

把牆壁弄白。

3 音を　小さく　します。
おと　ちい

把音量壓小。

4 この　料理は　冷たく　して　食べます。
りょうり　つめ　　　　た

這道菜請放涼後再吃。

5 カーテンを　開けて　部屋を　明るく　します。
あ　　へや　あか

打開窗簾讓房間變亮。

形容動詞に＋します

1. 使變成…；2. 讓它變成…

類義表現

形容動詞に＋なります

表示不是人為的事物的變化

接續方法▶{形容動詞詞幹}＋に＋します

1【變化】表示事物的變化。如前一單元所說的，「します」是表示人為有意圖性的施加作用，而產生變化。形容動詞後面接「します」，要把詞尾的「だ」變成「に」，如例（1）～（4）。

2【命令】如為命令語氣為「にしてください」，如例（5）。

被改變的人或物 形容動詞 他動詞……有意圖的使其變化
↓ ↓ ↓

例1 運動（うんどう）して、体（からだ）を 丈夫（じょうぶ）に します。

去運動讓身體變強壯。

哇！看你氣色真好！一點都不像得過大病的。

經過自己的努力跟毅力，定期做運動，使自己的身體變強壯了。這是人為有意圖去做改變的，所以用他動詞「します」。

2 この 町（まち）を きれいに しました。

把這個市鎮變乾淨了。

3 音楽（おんがく）を 流（なが）して、賑（にぎ）やかに します。

放音樂讓氣氛變熱鬧。

4 娘（むすめ）を テレビに 出（だ）して、有名（ゆうめい）に したいです。

我希望讓女兒上電視成名。

5 静（しず）かに して ください。

請保持安靜。

名詞に＋します

1. 讓…變成…、使其成為…；2. 請使其成為…

接續方法▶ {名詞}＋に＋します

1【變化】 表示人為有意圖性的施加作用，而產生變化，如例（1）～（4）。

2【請求】 請求時用「にしてください」，如例（5）。

被改變的人或物　名詞　　他動詞……有意圖的使其變化

    ↓　　　　↓　　　　　↓

例1 子供を　医者に　します。
我要讓孩子當醫生。

孩子成為醫生，是父母意圖性的加以改變，所以用他動詞「します」。

裕太，你要好好讀書，將來好好當個醫生唷！爸媽多辛苦都沒關係的。

---

2 バナナを　半分に　しました。
我把香蕉分成一半了。

3 玄関を　北に　します。
把玄關建在北邊。

4 にんじんを　ジュースに　します。
把紅蘿蔔打成果汁。

5 私を　妻に　して　ください。
請娶我為妻。

比　較

「名詞にします」 →
讓…變成…。人為有目的地施加某作用，而產生的變化。

「名詞になります」 →
變成…了。非人為在無意識中，產生的自然變化。

grammar 025　のだ

1.（因為）是…；3.…是…的

1【說明】{形容詞・動詞普通形}＋のだ；{名詞；形容動詞詞幹}＋なのだ。
表示客觀地對話題的對象、狀況進行說明，或請求對方針對某些理由說明情況，一般用在發生了不尋常的情況，而說話人對此進行說明，或提出問題，如例（1）。

2〖口語-んだ〗{形容詞・動詞普通形}＋んだ；{名詞；形容動詞詞幹}＋なんだ。尊敬的說法是「のです」，口語的說法常將「の」換成「ん」，如例（2）～（4）。

3【主張】用於表示說話者強調個人的主張或決心，如例（5）。

說明……話題對象、行為、狀態等
↓

例1　きっと、事故が　あったのだ。
　　　一定是發生事故了！

是發生了什麼事呢？在「のだ」的前面接了「事故があった」（發生事故了）說明狀況。

塞車了，而且聽到有救護車的聲音，一定是發生什麼事了！

2 あとで　やります。今、忙しいんです。
等一下再做。現在正在忙。

3 「きれいな　お庭ですね。」「花が　好きなんです。」
「您家的院子好美喔！」「因為我喜歡花。」

4 あっ、私の　花瓶が。誰が　壊したんですか。
啊，我的花瓶！是誰摔破的？

5 ずいぶん　迷いましたが、これで　よかったんです。
雖然猶豫了很久，還是選這個好。

もう＋肯定

已經…了

接續方法▶ もう＋{動詞た形；形容動詞詞幹だ}

【完了】和動詞句一起使用，表示行為、事情到某個時間已經完了。用在疑問句的時候，表示詢問完或沒完。

已經　動詞句等（肯定）……某行為到某時間已完成
　↓　　　　　　↓

例1 病気は　もう　治りました。
病已經治好了。

田中先生恭喜你身體已經完全康復了。

「もう」表示行為、事情到了某個時間已經完了，也就是病已經治好了。

---

2 もう　お風呂に　入りました。
已經洗過澡了。

---

3 妹は　もう　出かけました。
妹妹已經出門了。

---

4 コンサートは　もう　始まって　います。
音樂會已經開始了。

---

5 あなたの　ことは、もう　嫌いです。
我已經不喜歡你了！

もう＋否定

已經不…了

類義表現

もう＋肯定
已經…了

接續方法 ▶ もう＋{否定表達方式}

【否定的狀態】「否定」後接否定的表達方式，表示不能繼續某種狀態了。一般多用於感情方面達到相當程度。

已經   動詞句等（否定）……不能繼續某狀態了
↓   ↓

例1 もう 飲みたく ありません。

我已經不想喝了。

> 這裡看到「もう」後接否定的方式，知道這已經達到極限了，沒辦法再喝了。

> 這邊還有一些呢！饒了我吧！我已經喝不下了！

---

2 もう 痛く ありません。

已經不痛了。

3 もう 高山さんに お金は 貸しません。

再也不會借錢給高山先生了！

4 紙は もう ありません。

已經沒紙了。

5 大学生ですから、もう 子供では ないです。

都已經是大學生了，再也不是小孩了！

まだ＋肯定

1. 還…；2. 還有…

接續方法 ▶ まだ＋{肯定表達方式}

1【繼續】 表示同樣的狀態，從過去到現在一直持續著，如例（1）～（4）。

2【存在】 表示還留有某些時間或還存在某東西，如例（5）。

還　　動詞句等（肯定）……同狀態一直持續著
↓　　　　↓

例1 お茶は　まだ　熱いです。
茶還很熱。

> 這句話是說，茶之前是熱的。現在「まだ」（還）是熱的呢！

> 「まだ＋肯定」表示同樣的狀態，從過去到現在一直持續著。

---

2 まだ　電話中ですか。
還是通話中嗎？

3 別れた　恋人の　ことが　まだ　好きです。
依然對已經分手的情人戀戀不忘。

4 空は　まだ　明るいです。
天色還很亮。

5 まだ　時間が　あります。
還有時間。

<table>
<tr><td colspan="2">比　較</td></tr>
</table>

「もう」→
已經…。行為、事情到了某時間點，已經完成了。

「まだ」→
還（有）…。還是某狀態，還沒有完成。

まだ＋否定

還（沒有）…

類義表現
しか＋否定
只有…

接續方法▶ まだ＋{否定表達方式}

【完了】表示預定的事情或狀態，到現在都還沒進行，或沒有完成。

還　　動詞句等（否定）……預定的狀態等還沒進行或未完成
↓　　　　↓

例1 宿題が　まだ　終わりません。

功課還沒做完。

2 そこは　まだ　安全では　ないです。

那裡還不安全。

3 晩ご飯は　まだ　欲しく　ありません。

晚飯還不想吃。

4 日本語は　まだ　よく　できません。

日文還不太好。

5 まだ　何も　食べて　いません。

什麼都還沒吃。

という名詞

1.叫做…；2.叫…、叫做…

類義表現

と読みます
讀作…

接續方法▶ {名詞}＋という＋{名詞}

1【介紹名稱】表示説明後面這個事物、人或場所的名字。一般是説話人或聽話人一方，或者雙方都不熟悉的事物。詢問「什麼」的時候可以用「何と」，如例（1）、（2）。

2〔確認〕如果是做確認時，「という」前接確認的內容，如例（3）～（5）。

主語	叫做		名稱……前者說明後者的名稱等

例1 その　店は　何と　いう　名前ですか。
　　　（みせ）（なん）　　　　（なまえ）

那家店叫什麼名字？

那家店又好吃又便宜，我要介紹給親友。

對了。那家店叫什麼「名字」呢？

---

2 これは　何と　いう　果物ですか。
　　　　　（なん）　　　（くだもの）

這是什麼水果？

---

3 あれは　チワワと　いう　犬ですか。
　　　　　　　　　　　　　（いぬ）

那是叫做吉娃娃的狗嗎？

---

4 湯川秀樹と　いう　人を　知って　いますか。
　（ゆかわひでき）　　　（ひと）（し）

你知道一個名叫湯川秀樹的人嗎？

---

5 北海道の　富良野と　いう　ところに　遊びに　行って　きました。
　（ほっかいどう）（ふらの）　　　　　　　（あそ）　（い）

我去了北海道一處叫富良野的地方旅遊。

つもり

grammar **031**

1.打算、準備；2.不打算；3.有什麼打算呢

---

1 【意志】{動詞辭書形}＋つもり。表示打算作某行為的意志。這是事前決定的，不是臨時決定的，而且想做的意志相當堅定，如例（1）、（2）。

2 〔否定〕{動詞否定形}＋つもり。相反地，表示不打算作某行為的意志，如例（3）、（4）。

3 〔どうするつもり〕どうする＋つもり。詢問對方有何打算的時候，如例（5）。

做某事　　動詞辭書形　　打算……打算作某行為的意志
↓　　　　　　↓　　　　　↓

例1 今年は 車を 買う つもりです。
我今年準備買車。

> 這裡的「今年準備買車」，是事前堅決的打算。

> 工作已經第三年了，也存了一些錢，所以我打算今年買車。

---

2 夏休みには 日本へ 行く つもりです。
暑假打算去日本。

3 今年は 海外旅行しない つもりです。
今年不打算出國旅行。

4 近藤さんは、大学には 行かない つもりです。
近藤同學並不打算上大學。

5 米田さんは、どうする つもりですか。
米田先生你有什麼打算呢？

比　較

「つもり」→
打算…。心意已決，事前就計畫好且已著手進行。第一、二、三人稱皆可用。

「（よ）うと思う」→
我想要…。說明自己當下的想法，這想法未來還有變數。第二、三人稱時要用「（よ）うと思っている」。

grammar 032 をもらいます
取得、要、得到

接續方法▶ {名詞}＋をもらいます

【授受】表示從某人那裡得到某物。「を」前面是得到的東西。給的人一般用「から」或「に」表示。

人　　　物　　　　　得到……從某人得到某東西
↓　　　↓　　　　　　↓

例1 彼から　花を　もらいました。
我從他那裡收到了花。

那是誰送的花啊？看妳高興的。沒有啦！是我男朋友送的啦！

從這句話的意思知道，「を」前面是收到的東西「花」，「から」表示送的人是「彼」。

2 友人から　お土産を　もらいました。
從朋友那裡拿到了名產。

3 彼から　婚約指輪を　もらいました。
我從他那裡收到了求婚戒指。

4 隣の　人に　みかんを　もらいました。
隔壁的人給了橘子。

5 お姉ちゃんから　いらなく　なった
服を　もらいました。
接收了姐姐不要的衣服。

比較

「をもらいます」 →
從…取得…。從某人那裡，得到某東西。給予人和接受人身份相當。

「をいただきます」 →
承蒙…得到…。說法比「をもらいます」謙虛。給予人的身份比接受人高。

に〜があります／います

…有…

接續方法▶ {名詞}＋に＋{名詞}＋があります／います

1【存在】表某處存在某物或人，也就是無生命事物，及有生命的人或動物的存在場所，用「（場所）に（物）があります、（人）がいます」。表示事物存在的動詞有「あります／います」，無生命的事物或自己無法動的植物用「あります」，如例（1）、（2）。

2〔有生命－います〕「います」用在有生命的，自己可以動作的人或動物，如例（3）～（5）。

場所　　　　　　人或物　　　　存在動詞……某處存在某人或物
　↓　　　　　　　↓　　　　　　　↓

例1　箱の　中に　お菓子が　あります。
　　　箱子裡有甜點。

下午茶時間到囉！大家準備吃點心吧！點心在哪裡呢？

只要看「に」的前面，接了「箱の中」(箱子裡)就知道點心在哪囉！

2 あそこに　交番が　あります。
　　那裡有派出所。

3 部屋に　姉が　います。
　　房間裡有姊姊。

4 北海道に　兄が　います。
　　北海道那邊有哥哥。

5 向こうに　滝本さんが　います。
　　那邊有瀧本小姐。

は〜にあります／います

…在…

類義表現

場所＋に

在…

接續方法 ▶ {名詞}＋は＋{名詞}＋にあります／います

【存在】表示某物或人，存在某場所用「（物）は（場所）にあります／（人）は（場所）にいます」。

物或人　　　場所　　　存在動詞……某物或人存在某處
　↓　　　　　↓　　　　　↓

例1 トイレは　あちらに　あります。
廁所在那邊。

嗚！肚子突然痛了起來，請問廁所在哪裡呢？

場所的話看「に」的前面，就可以知道是在「あちら」（那邊）囉！

2 レジは　どこに　ありますか。
請問收銀台在哪裡呢？

3 姉は　部屋に　います。
姊姊在房間。

4 彼は　外国に　います。
他在國外。

5 私は　ここに　います。
我就在這裡。

035 は～より

…比…

類義表現
より～ほう
比起…，更、跟…比起來，…比較…

接續方法▶ {名詞}＋は＋{名詞}＋より

【比較】表示對兩件性質相同的事物進行比較後，選擇前者。「より」後接的是性質或狀態。如果兩件事物的差距很大，可以在「より」後面接「ずっと」來表示程度很大。

被選擇對象　比較對象　　性質或狀態……比較
　　↓　　　　　↓　　　　　↓

例1 飛行機は　船より　速いです。

飛機比船還快。

這個句型表示，在比較飛機跟船這兩個交通工具（同性質）後，選的是「は」前面的「飛行機」，原因在「より」的後面，比較「速い」（快）啦！

冬天想到溫暖且美麗的沖繩離島度假，聽說可以搭船喔！但是，為了節省時間，還是坐飛機比較快囉！

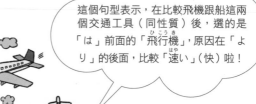

---

2 私は　妹より　字が　下手です。

我的字寫得比妹妹難看。

3 兄は　母より　背が　高いです。

哥哥個子比媽媽高。

4 地理は　歴史より　面白いです。

地理比歷史有趣。

5 今年の　夏は　去年より　暑い。

今年夏天比去年熱。

より～ほう

…比…、比起…，更…

類義表現

は～ほど～ない
…不如…

接続方法▶ {名詞；形容詞・動詞普通形}＋より（も、は）＋{名詞の；形容詞・動詞普通形；形容動詞詞幹な}＋ほう

【比較】 表示對兩件事物進行比較後，選擇後者。「ほう」是方面之意，在對兩件事物進行比較後，選擇了「こっちのほう」（這一方）的意思。被選上的用「が」表示。

比較對象　　　被選擇對象　　　　　　　性質或狀態……比較
↓　　　　　　　　↓　　　　　　　　　　　　↓

例1 勉強より　遊びの　ほうが　楽しいです。

玩耍比讀書愉快。

看到「ほう」的前面，就知道是「遊び」了。還有被選上的是用「が」表示喔！

太郎就是愛玩，每次要他唸書就一副苦瓜臉。從這句話可以清楚知道，對太郎而言，什麼事是比較快樂的了！

---

2 テニスより　水泳の　ほうが　好きです。

喜歡游泳勝過網球。

---

3 暇よりは　忙しい　方が　いいです。

比起空閒，更喜歡忙碌。

---

4 暑いより　寒い　方が　嫌です。

比起熱，更討厭冷。

---

5 乗り物に　乗るより、歩く　ほうが　いいです。

走路比搭車好。

ほうがいい

1. 我建議最好…、我建議還是…為好；2. …比較好；3. 最好不要…

類義表現

ほうが好き
…比較喜歡

接續方法▶{名詞の；形容詞辭書形；形容動詞詞幹な；動詞た形}＋ほうがいい

1【勸告】用在向對方提出建議、忠告。有時候前接的動詞雖然是「た形」，但指的卻是以後要做的事，如例（1）、（2）。

2【提出】也用在陳述自己的意見、喜好的時候，如例（3）、（4）。

3〖否定形－ないほうがいい〗否定形為「ないほうがいい」，如例（5）。

　　　　　内容　　　忠告………　忠告
　　　　　　↓　　　　↓

例1 もう　寝た　ほうが　いいですよ。

　　這時間該睡了喔！

「ほうがいい」前面接「寝た」表示為了對方好，提出該睡覺的忠告。

已經 12 點了，不要再玩遊戲了，該上床睡覺囉！不然明天早上會起不來的！

---

2 熱が　ありますよ。医者に　行った　ほうが　いいですね。

發燒了吧？去給醫師看比較好喔！

3 柔らかい　布団の　ほうが　いい。

柔軟的棉被比較好。

4 住む　ところは　駅に　近い　ほうが　いいです。

住的地方離車站近一點比較好。

5 塩分を　取りすぎない　ほうが　いい。

最好不要攝取過多的鹽分。

Practice・7

> **問題一** 問題（　）の ところに なにを いれますか。1・2・3・4から いちばん いい ものを 1つ えらびなさい。

1 えんぴつで かかない（　）ください。
　1 に　　　2 で　　　　3 を　　　　4 と

2 ねつが ありますから、おふろに はいらない（　）ください。
　1 に　　　2 で　　　　3 を　　　　4 と

3 ちょっと ノートを みせ（　）ください。
　1 に　　　2 て　　　　3 を　　　　4 と

4 あの あかい かばん（　）ください。
　1 に　　　2 て　　　　3 を　　　　4 と

5 「あした、えいがに いきませんか。」「いいですね。それでは、3 じに えきで あい（　）。」
　1 ません　　2 ました　　3 ます　　　4 ましょう

6 「この おかし おいしいですよ。ひとつ たべ（　）か。」「それでは、いただきます。」
　1 ました　　　　　　　　2 ません
　3 ませんでした　　　　　4 ましたでしょう

7 「あ、もう 6じ ですね。（　）か。」「そうですね。それでは、また あした。」
　1 帰りました　　　　　　2 帰りましょう
　3 帰りませんでした　　　4 帰った

8 あたらしい カメラ（　）ほしいです。
　1 が　　　2 へ　　　　3 に　　　　4 で

9 えきへ　（　　）ですが、バスが　ありません。
1　いきます　2　いきほしい　3　いきたい　　4　いきましょう

10 きょうしつでは　にほんごで　はなし（　　）ください。
1　に　　　　2　で　　　　　3　て　　　　　4　を

11 すみません、じしょを　かして（　　）。
1　くれました　　　　　　　2　くださいません
3　くださいませんか　　　　4　くださいました

12 こんや、ひまですか。いっしょに　ごはんを　（　　）か。
1　たべました　　　　　　　2　たべません
3　たべたでしょう　　　　　4　だべ

13 すみません、コーヒー（　　）　ください。
1　に　　　　2　で　　　　　3　を　　　　4　と

14 おおきい　いえと　くるま（　　）　ほしいですね。
1　が　　　　2　と　　　　　3　や　　　　4　に

15 にほんごの　うたを　うたい（　　）です。おしえて　ください
ませんか。
1　ます　　　2　たい　　　　3　ほしい　　4　て

16 ひるまは　しずかです（　　）、よるは　にぎやかです。
1　て　　　　2　と　　　　　3　が　　　　4　で

17 にほんごは　むずかしいです（　　）、おもしろいです。
1　し　　　　2　と　　　　　3　が　　　　4　で

18 きのう、にほんごの　べんきょうを　（　　）から、テレビを　み
ました。
1　する　　　2　します　　　3　すて　　　　4　して

19 ばんごはんを　たべた（　　）、おふろに　はいりました。
1　まえに　　2　あとで　　　3　ながら　　4　て

20 ごはんを　たべる（　　）、てを　あらいなさい。
1　まえに　　　2　あとで　　　3　ながら　　　4　て

21 （　　）とき、つめたい　コーヒーを　のみます。
1　あつい　　2　あついの　　3　あついだ　　4　あつかった

22 たなかさんの　いえに　（　　）とき、おがわさんに　あいました。
1　いきます　2　いきました　3　いった　　　4　いきません

23 （　　）ながら　たべては　いけません。
1　あるいて　　　　　　　　　2　あるきました
3　あるきます　　　　　　　　4　あるき

24 いつも　あさごはんを　（　　）ながら　テレビの　ニュースを
みます。
1　たべて　　2　たべました　3　たべます　　4　たべ

25 いつも　てを　（　　）から、しょくじを　します。
1　あらう　　2　あらって　　3　あらった　　4　あらいます

26 いつも　（　　）まえに　はを　みがきます。
1　ねて　　　2　ねた　　　3　ねる　　　4　ねます

27 しゅくだいを　（　　）あとで、てがみを　かきます。
1　した　　　2　する　　　3　して　　　4　しない

28 あしたは　きっと　いい　てんき（　　）。
1　でした　　2　でしょう　　3　ですか　　4　でしたか

29 あの　ひとは　たぶん（　　）でしょう。
1　先生　　　2　先生だ　　3　先生です　　4　先生で

30 にちようびは　ほんを　（　　）、おんがくを　きいたり　します。
1　よみます　2　よみたり　3　よんだり　4　よむだり

31 てんきが　（　　）なりました。
1　いいに　　2　よくに　　3　よく　　　4　いい

32 へやを　（　　）して　ください。
1　きれい　　2　きれいな　　3　きれいで　　4　きれいに

33 「（　　）しゅくだいを　しましたか。」「いいえ、まだです。」
1　まだ　　　　　　　　　　2　いつも
3　なんの　　　　　　　　　4　もう

34 あめが　ふって　いる　（　　）、きょうは　でかけません。
1　から　　　　2　て　　　　　3　など　　　　4　まで

35 ねつが　あったから、くすりを　（　　）、はやく　ねました。
1　のみました　　　　　　　　2　のんで
3　のみます　　　　　　　　　4　のみましたから

36 しゅくだいが　おおいです　（　　）、こんやは　どこにも　でかけません。
1　から　　　　2　て　　　　　3　など　　　　4　まで

37 「もう　かえりましょうか。」「（　　）　はやいですよ。もう　すこし　あそびましょう。」
1　まだ　　　　2　もう　　　　3　いつ　　　　4　なんで

38 「もう　レポートを　かきましたか。」「いいえ、（　　）です。きょう　かきます。」
1　もう　　　　2　いつも　　　3　そう　　　　4　まだ

39 「たなかさんは　どこですか。」「（　　）　いえに　かえりましたよ。」
1　もう　　　　2　いつも　　　3　そう　　　　4　まだ

40 「これは　（　　）という　りょうりですか。」「すきやきです。」
1　なんで　　　2　なん　　　　3　なんと　　　4　なんの

41 きのう　かぜを　（　　）、がっこうを　やすみました。
1　ひきました　　　　　　　　2　ひいた
3　ひいて　　　　　　　　　　4　ひきます

42 べんきょうした あとで、テレビを （　　）、ほんを よんだり します。

1　みます　　　　　　　　　　2　みました

3　みまして　　　　　　　　　4　みたり

43 あめが やんで、そらが （　　）なりました。

1　あかるい　　　　　　　　　2　あかるいく

3　あかるくて　　　　　　　　4　あかるく

44 すみませんが、すこし しずか （　　）ください。

1　でする　　　　　　　　　　2　にする

3　でして　　　　　　　　　　4　にして

問題二　問題　どの こたえが いちばん いいですか。1・2・3・4から いちばん いい ものを 1つ えらびなさい

1　「きょうは なにを しますか。」「しゅくだいを （　　）あとで テレビを みます。」

1　する　　　　　　　　　　　2　して

3　した　　　　　　　　　　　4　すんで

2　「しゅくだいは （　　） おわりましたか。」「いいえ まだです。」

1　まだ　　　　　　　　　　　2　もう

3　あとで　　　　　　　　　　4　までに

3　「ねつが あります。」「それでは、くすりを （　　） はやく ねて ください。」

1　のみて　　　　　　　　　　2　のみます

3　のみました　　　　　　　　4　のんで

4　「おさけを ください。」「もう たくさん のんだでしょう。（　　） ください。」

1　のんで　　2　のまないで　　3　のみまして　　4　のみませんで

問題　どの　こたえが　いちばん　いいですか。1・2・3・
4からいちばん　いい　ものを　えらびなさい。

1 A「くすりは　いつ　のみますか。」
　 B「しょくじの（　　　　　　　　）のんで　ください。」
　 1　まえを　　　　　　　　　　2　まえから
　 3　まえに　　　　　　　　　　4　まえと

2 A「いつ　おふろに　はいりますか。」
　 B「いつも、しょくじの（　　　　）はいります。」
　 1　あとを　　　　　　　　　　2　あとが
　 3　あとへ　　　　　　　　　　4　あとで

3 A「ビールは　いかがですか。」
　 B「いいえ、わたしは（　　　）。」
　 1　ジュースに　なります　　　2　ジュースに　します
　 3　ジュースが　のみます　　　4　ジュースなのに　します

4 A「あついですね。」
　 B「（　　　　　　　　　　）。」
　 1　クーラーを　つけましょう　2　クーラーを　あけましょう
　 3　クーラーを　とめましょう　4　クーラーを　しめましょう

5 A「コーヒーが　のみたいですね。」
　 B「そうですね。じゃ、しごとが　おわった（　　　　）、きっさ
　 　てんへ　いきましょう。」
　 1　あとで　　　　　　　　　　2　まえで
　 3　あとへ　　　　　　　　　　4　まえに

▮▮▮N5

9. 副詞

日文小秘方

　　説明用言（動詞、形容詞、形容動詞）的狀態和程度，屬於獨立詞而沒有活用，主要用來修飾用言的詞叫副詞。

1. 副詞的構成有很多種，這裡著重舉出下列五種：

（1）一般由兩個或兩個以上的平假名構成

　　　ゆっくり（慢慢地）

　　　とても（非常）

　　　よく（好好地，仔細地；常常）

　　　ちょっと（稍微）

（2）由漢字和假名構成

　　　未だ［まだ］（尚未）

　　　先ず［まず］（首先）

　　　既に［すでに］（已經）

（3）由漢字重疊構成

　　　色々［いろいろ］（各種各樣）

　　　青々［あおあお］（綠油油地）

　　　広々［ひろびろ］（廣闊地）

2.以內容分類有：

（1）表示時間、變化、結束

　　　まだ（還）　　　　　　　もう（已經）

　　　すぐに（馬上，立刻）　　だんだん（漸漸地）

（2）表示程度

　　　あまり〔～ない〕（〈不〉怎麼…）

　　　すこし（一點兒）

　　　たいへん（非常）

　　　ちょっと（一些）

　　　とても（非常）

ほんとうに（真的）
　　もっと（更加）
　　よく（很，非常）

（3）表示推測、判斷
　　たぶん（大概）　　　　　　もちろん（當然）

（4）表示數量
　　おおぜい（許多）　　　　　すこし（一點兒）
　　ぜんぶ（全部）　　　　　　たくさん（很多）
　　ちょっと（一點兒）

（5）表示次數、頻繁度
　　いつも（經常，總是）　　　たいてい（大多，大抵）
　　ときどき（偶而）　　　　　はじめて（第一次）
　　また（又，還）　　　　　　もう一度（再一次）
　　よく（時常）

（6）表示狀態
　　ちょうど（剛好）
　　まっすぐ（直直地）
　　ゆっくり（慢慢地）

あまり〜ない

1. 不太…；3. 完全不…

接續方法▶ あまり（あんまり）＋{形容詞・形容動・動詞否定形}＋〜ない

1【程度】「あまり」下接否定的形式，表示程度不特別高，數量不特別多，如例（1）～（3）。

2〖口語─あんまり〗在口語中常說成「あんまり」，如例（4）。

3〖全面否定─ぜんぜん〜ない〗若想表示全面否定可用「全然（ぜんぜん）〜ない」，如例（5）。這種用法否定意味較為強烈。

話題　　副詞　　形容詞　　　否定……程度不高
　↓　　　↓　　　↓　　　　　↓

例1 あの 店は あまり おいしく ありませんでした。
みせ

那家店的餐點不太好吃。

你說那間新開的餐廳嗎？我吃過了，可是我覺得並不是很好吃…。

「あまり」後面接「おいしくありません」（不好吃）表示美味的程度並不高。

---

2 小さいころ、あまり 体が 丈夫では
ちい　　　　　　　　　からだ　じょうぶ
ありませんでした。

小時候身體不太好。

3 「を」と 「に」の 使い方が あまり
つか　かた
分かりません。
わ

我不太懂「を」和「に」的用法有何不同。

4 あんまり 行きたく ありません。
い

不大想去。

5 今日の テストは 全然 できませんでした。
きょう　　　　　　　ぜんぜん

今天的考試統統答不出來。

比 較

「あまり」→
不怎麼…。部份肯定，但程度、意願不高。後接否定。

「ぜんぜん」→
一點也不…。完全否定，一點也沒有。後接否定。

10. 接續詞

接續詞介於前後句子或詞語之間，起承先啟後的作用。接續詞按功能可分類如下：

1. 把兩件事物用邏輯關係連接起來的接續詞

（1）表示順態發展。根據對方說的話，再說出自己的想法或心情。或用在某事物的開始或結束，以及與人分別的時候。如：

それでは（那麼）

例：

「この　くつ、ちょっと　<ruby>大<rt>おお</rt></ruby>きいですね。」
「それでは　こちらは　いかがでしょうか。」
（「這雙鞋子，有點大耶！」「那麼，這雙您覺得如何？」）

それでは、さようなら。（那麼，再見！）

（2）表示轉折關係，後面的事態跟前面的事態是相反的，或提出與對方相反的意見。如：

しかし（但是）

例：

<ruby>時間<rt>じ かん</rt></ruby>は　あります。しかし　<ruby>お金<rt>かね</rt></ruby>が　ありません。
（我有時間，但是沒有錢。）

（3）表示讓步條件。用在句首，表示跟前面的敘述內容，相反的事情持續著。比較口語化，比「しかし」說法更隨便。如：

でも（不過）

例：

たくさん　<ruby>食<rt>た</rt></ruby>べました。でも　すぐ　<ruby>お腹<rt>なか</rt></ruby>がすきました。
（吃了很多，不過肚子馬上又餓了。）

2. 分別敘述兩件以上事物時使用的接續詞

（1）表示動作順序。連接前後兩件事情，表示事情按照時間順序發生。如：

そして（接著）、それから（然後）

例：

昨日は　映画を　見ました。そして　食事をしました。

（昨天看了電影，然後吃了飯。）

食事を　して、それから　歯を　磨きます。

（用了餐，接著刷牙。）

（2）表示並列。用在列舉事物，再加上某事物。如：

そして（還有）、それから（還有）

例：

うちには　犬と　猫が　います。それから　亀も　います。

（我家有狗和貓，還有烏龜。）

Practice・8

問題一 問題 （ ）の ところに なにを いれますか。1・2・3・4から いちばん いい ものを 1つ えらびなさい。

1 「この かばんは ちんさん （ ） ですか。」「ええ、そうです。」
　1　の　　　　2　で　　　　3　に　　　　4　を

2 やまださんは いしゃ （ ）、かれの おくさんは がくしゃです。
　1　の　　　　2　で　　　　3　に　　　　4　と

3 これは ちゅうごくごの ほん （ ）、あれは えいごの ほんです。
　1　の　　　　2　で　　　　3　に　　　　4　と

4 テーブルの 上に コップ （ ） ならんで います。
　1　を　　　　2　が　　　　3　に　　　　4　で

5 あしたは たぶん （ ） でしょう。
　1　雨の　　　2　雨で　　　3　雨　　　　4　雨と

6 にほん （ ） かいしゃで はたらいて います。
　1　に　　　　2　の　　　　3　を　　　　4　と

7 この つくえは せんせい （ ） です。
　1　に　　　　2　の　　　　3　を　　　　4　と

8 「こども （ ） くつが ほしいですが……。」「くつ うりばは 6かいですよ。」
　1　に　　　　2　の　　　　3　を　　　　4　と

問題二　問題　どの　こたえが　いちばん　いいですか。1・2・3・4
から　いちばん　いい　ものを　1つ　えらびなさい

1　「この　かさは　だれ（　　）ですか。」「わたしのです。」
1　の　　　　2　が　　　　3　に　　　　4　で

2　「おこさんは　いま　（　　）ですか。」「ええ、そうです。」
1　がくせいの　　　　　　2　がくせいが
3　がくせいで　　　　　　4　がくせい

3　「この　ほん（　　）あの　ほんを　ください。」「はい、ありが
とう　ございます。」
1　や　　　　2　で　　　　3　と　　　　4　を

4　「こうさんは　どこで　はたらいて　いますか。」「にほん（　　）
かいしゃで　はたらいて　います。」
1　で　　　　2　に　　　　3　の　　　　4　と

問題三　問題　どの　こたえが　いちばん　いいですか。1・2・3・4
からいちばん　いい　ものを　えらびなさい。

1　A「きれいな　とけいですね。」
B「これは　アメリカの　とけい（　　　）、これは　スイスの
とけいです。」
1　は　　　　2　が　　　　3　で　　　　4　と

2　A「りょこうは　どうでしたか。」
B「おもしろく（　　　）、たのしかったです。」
1　と　　　　2　て　　　　3　し　　　　4　が

3　A「これは　だれの　きょうかしょですか。」
B「ちんさん（　　　　）。」
1　のます　　　　　　　2　のです
3　のだった　　　　　　4　のました

4 A「パーティで　なにか　たべましたか。」
　　B「はい。でも　ひとが　おおかったですから　（　　　　）。」
　1　すこしだけ　たべました　　　2　なにも　たべました
　3　たべませんでした　　　　　　4　なにを　たべました

5 A「えきまで、なにで　きましたか。」
　　B「（　　　　　　　　）きました。」
　1　バスでした　　　　　　　　　2　タクシーので
　3　バスで　　　　　　　　　　　4　タクシーまで

N5
TEST

JLPT

《新制對應手冊》

一、什麼是新日本語能力試驗呢？

1. 新制「日語能力測驗」
2. 認證基準
3. 測驗科目
4. 測驗成績

二、新日本語能力試驗的考試內容

N5　題型分析

*以上內容摘譯自「國際交流基金日本國際教育支援協會」的「新しい『日本語能力試驗』ガイドブック」。

一、什麼是新日本語能力試驗呢

1. 新制「日語能力測驗」

從2010年起實施的新制「日語能力測驗」（以下簡稱為新制測驗）。

1－1 實施對象與目的

新制測驗與舊制測驗相同，原則上，實施對象為非以日語作為母語者。其目的在於，為廣泛階層的學習與使用日語者舉行測驗，以及認證其日語能力。

1－2 改制的重點

改制的重點有以下四項：

1 測驗解決各種問題所需的語言溝通能力

新制測驗重視的是結合日語的相關知識，以及實際活用的日語能力。因此，擬針對以下兩項舉行測驗：一是文字、語彙、文法這三項語言知識；二是活用這些語言知識解決各種溝通問題的能力。

2 由四個級數增為五個級數

新制測驗由舊制測驗的四個級數（1級、2級、3級、4級），增加為五個級數（N1、N2、N3、N4、N5）。新制測驗與舊制測驗的級數對照，如下所示。最大的不同是在舊制測驗的2級與3級之間，新增了N3級數。

N1	難易度比舊制測驗的1級稍難。合格基準與舊制測驗幾乎相同。
N2	難易度與舊制測驗的2級幾乎相同。
N3	難易度介於舊制測驗的2級與3級之間。（新增）
N4	難易度與舊制測驗的3級幾乎相同。
N5	難易度與舊制測驗的4級幾乎相同。

＊「N」代表「Nihongo（日語）」以及「New（新的）」。

3 施行「得分等化」

由於在不同時期實施的測驗，其試題均不相同，無論如何慎重出題，每次測驗的難易度總會有或多或少的差異。因此在新制測驗中，導入「等化」的計分方式後，便能將不同時期的測驗分數，於共同量尺上相互比較。因此，無論是在什麼時候接受測驗，只要是相同級數的測驗，其得分均可予以比較。目前全球幾種主要的語言測驗，均廣泛採用這種「得分等化」的計分方式。

4 提供「日本語能力試驗Can-do自我評量表」（簡稱JLPT Can-do）

為了瞭解通過各級數測驗者的實際日語能力，新制測驗經過調查後，提供「日本語能力試驗Can-do自我評量表」。該表列載通過測驗認證者的實際日語能力範例。希望通過測驗認證者本人以及其他人，皆可藉由該表格，更加具體明瞭測驗成績代表的意義。

1－3 所謂「解決各種問題所需的語言溝通能力」

我們在生活中會面對各式各樣的「問題」。例如，「看著地圖前往目的地」或是「讀著說明書使用電器用品」等等。種種問題有時需要語言的協助，有時候不需要。

為了順利完成需要語言協助的問題，我們必須具備「語言知識」，例如文字、發音、語彙的相關知識、組合語詞成為文章段落的文法知識、判斷串連文句的順序以便清楚說明的知識等等。此外，亦必須能配合當前的問題，擁有實際運用自己所具備的語言知識的能力。

舉個例子，我們來想一想關於「聽了氣象預報以後，得知東京明天的天氣」這個課題。想要「知道東京明天的天氣」，必須具備以下的知識：「晴れ（晴天）、くもり（陰天）、雨（雨天）」等代表天氣的語彙；「東京は明日は晴れでしょう（東京明日應是晴天）」的文句結構；還有，也要知道氣象預報的播報順序等。除此以外，尚須能從播報的各地氣象中，分辨出哪一則是東京的天氣。

如上所述的「運用包含文字、語彙、文法的語言知識做語言溝通，進而具備解決各種問題所需的語言溝通能力」，在新制測驗中稱為「解決各種問題所需的語言溝通能力」。

新制測驗將「解決各種問題所需的語言溝通能力」分成以下「語言知識」、「讀解」、「聽解」等三個項目做測驗。

語言知識	各種問題所需之日語的文字、語彙、文法的相關知識。
讀　解	運用語言知識以理解文字內容，具備解決各種問題所需的能力。
聽　解	運用語言知識以理解口語內容，具備解決各種問題所需的能力。

作答方式與舊制測驗相同，將多重選項的答案劃記於答案卡上。此外，並沒有直接測驗口語或書寫能力的科目。

2. 認證基準

新制測驗共分為N1、N2、N3、N4、N5五個級數。最容易的級數為N5，最困難的級數為N1。

與舊制測驗最大的不同，在於由四個級數增加為五個級數。以往有許多通過3級認證者常抱怨「遲遲無法取得2級認證」。為因應這種情況，於舊制測驗的2級與3級之間，新增了N3級數。

新制測驗級數的認證基準，如表1的「讀」與「聽」的語言動作所示。該表雖未明載，但應試者也必須具備為表現各語言動作所需的語言知識。

N4與N5主要是測驗應試者在教室習得的基礎日語的理解程度；N1與N2是測驗應試者於現實生活的廣泛情境下，對日語理解程度；至於新增的N3，則是介於N1與N2，以及N4與N5之間的「過渡」級數。關於各級數的「讀」與「聽」的具體題材（內容），請參照表1。

■ 表1 新「日語能力測驗」認證基準

級數	認證基準 各級數的認證基準，如以下【讀】與【聽】的語言動作所示。各級數亦必須具備為表現各語言動作所需的語言知識。
N1	能理解在廣泛情境下所使用的日語 【讀】・可閱讀話題廣泛的報紙社論與評論等論述性較複雜及較抽象的文章，且能理解其文章結構與內容。 ・可閱讀各種話題內容較具深度的讀物，且能理解其脈絡及詳細的表達意涵。 【聽】・在廣泛情境下，可聽懂常速且連貫的對話、新聞報導及講課，且能充分理解話題走向、內容、人物關係、以及說話內容的論述結構等，並確實掌握其大意。
N2	除日常生活所使用的日語之外，也能大致理解較廣泛情境下的日語 【讀】・可看懂報紙與雜誌所刊載的各類報導、解說、簡易評論等主旨明確的文章。 ・可閱讀一般話題的讀物，並能理解其脈絡及表達意涵。 【聽】・除日常生活情境外，在大部分的情境下，可聽懂接近常速且連貫的對話與新聞報導，亦能理解其話題走向、內容、以及人物關係，並可掌握其大意。
N3	能大致理解日常生活所使用的日語 【讀】・可看懂與日常生活相關的具體內容的文章。 ・可由報紙標題等，掌握概要的資訊。 ・於日常生活情境下接觸難度稍高的文章，經換個方式敘述，即可理解其大意。 【聽】・在日常生活情境下，面對稍微接近常速且連貫的對話，經彙整談話的具體內容與人物關係等資訊後，即可大致理解。
N4	能理解基礎日語 【讀】・可看懂以基本語彙及漢字描述的貼近日常生活相關話題的文章。 【聽】・可大致聽懂速度較慢的日常會話。
N5	能大致理解基礎日語 【讀】・可看懂以平假名、片假名或一般日常生活使用的基本漢字所書寫的固定詞句、短文、以及文章。 【聽】・在課堂上或周遭等日常生活中常接觸的情境下，如為速度較慢的簡短對話，可從中聽取必要資訊。

困難 ＊（N1最難方向）

＊ 容易（N5最簡單方向）

＊N1最難，N5最簡單。

3. 測驗科目

新制測驗的測驗科目與測驗時間如表2所示。

■ 表2　測驗科目與測驗時間＊①

級數	測驗科目 （測驗時間）			
N1	語言知識（文字、語彙、文法）、讀解 （110分）		聽解 （60分）	→ 測驗科目為「語言知識（文字、語彙、文法）、讀解」；以及「聽解」共2科目。
N2	語言知識（文字、語彙、文法）、讀解 （105分）		聽解 （50分）	→
N3	語言知識 （文字、語彙） （30分）	語言知識（文法）、 讀解 （70分）	聽解 （40分）	→ 測驗科目為「語言知識（文字、語彙）」；「語言知識（文法）、讀解」；以及「聽解」共3科目。
N4	語言知識 （文字、語彙） （30分）	語言知識（文法）、 讀解 （60分）	聽解 （35分）	→
N5	語言知識 （文字、語彙） （25分）	語言知識（文法）、 讀解 （50分）	聽解 （30分）	→

　　N1與N2的測驗科目為「語言知識（文字、語彙、文法）、讀解」以及「聽解」共2科目；N3、N4、N5的測驗科目為「語言知識（文字、語彙）」、「語言知識（文法）、讀解」、「聽解」共3科目。

　　由於N3、N4、N5的試題中，包含較少的漢字、語彙、以及文法項目，因此當與N1、N2測驗相同的「語言知識（文字、語彙、文法）、讀解」科目時，有時會使某幾道試題成為其他題目的提示。為避免這個情況，因此將「語言知識（文字、語彙、文法）、讀解」，分成「語言知識（文字、語彙）」和「語言知識（文法）、讀解」施測。

＊①：聽解因測驗試題的錄音長度不同，致使測驗時間會有些許差異。

4. 測驗成績

4－1　量尺得分

　　舊制測驗的得分，答對的題數以「原始得分」呈現；相對的，新制測驗的得分以「量尺得分」呈現。

　　「量尺得分」是經過「等化」轉換後所得的分數。以下，本手冊將新制測驗的「量尺得分」，簡稱為「得分」。

4－2　測驗成績的呈現

　　新制測驗的測驗成績，如表3的計分科目所示。N1、N2、N3的計分科目分為「語言知識（文字、語彙、文法）」、「讀解」、以及「聽解」3項；N4、N5的計分科目分為「語言知識（文字、語彙、文法）、讀解」以及「聽解」2項。

　　會將N4、N5的「語言知識（文字、語彙、文法）」和「讀解」合併成一項，是因為在學習日語的基礎階段，「語言知識」與「讀解」方面的重疊性高，所以將「語言知識」與「讀解」合併計分，比較符合學習者於該階段的日語能力特徵。

■ 表3　各級數的計分科目及得分範圍

級數	計分科目	得分範圍
N1	語言知識（文字、語彙、文法）	0～60
	讀解	0～60
	聽解	0～60
	總分	0～180
N2	語言知識（文字、語彙、文法）	0～60
	讀解	0～60
	聽解	0～60
	總分	0～180
N3	語言知識（文字、語彙、文法）	0～60
	讀解	0～60
	聽解	0～60
	總分	0～180

N4	語言知識（文字、語彙、文法）、讀解	0〜120
	聽解	0〜60
	總分	0〜180
N5	語言知識（文字、語彙、文法）、讀解	0〜120
	聽解	0〜60
	總分	0〜180

　　各級數的得分範圍，如表3所示。N1、N2、N3的「語言知識（文字、語彙、文法）」、「讀解」、「聽解」的得分範圍各為0〜60分，三項合計的總分範圍是0〜180分。「語言知識（文字、語彙、文法）」、「讀解」、「聽解」各占總分的比例是1：1：1。

　　N4、N5的「語言知識（文字、語彙、文法）、讀解」的得分範圍為0〜120分，「聽解」的得分範圍為0〜60分，二項合計的總分範圍是0〜180分。「語言知識（文字、語彙、文法）、讀解」與「聽解」各占總分的比例是2：1。還有，「語言知識（文字、語彙、文法）、讀解」的得分，不能拆解成「語言知識（文字、語彙、文法）」與「讀解」二項。

　　除此之外，在所有的級數中，「聽解」均占總分的三分之一，較舊制測驗的四分之一為高。

4－3　合格基準

　　舊制測驗是以總分作為合格基準；相對的，新制測驗是以總分與分項成績的門檻二者作為合格基準。所謂的門檻，是指各分項成績至少必須高於該分數。假如有一科分項成績未達門檻，無論總分有多高，都不合格。

新制測驗設定各分項成績門檻的目的，在於綜合評定學習者的日語能力，須符合以下二項條件才能判定為合格：①總分達合格分數（＝通過標準）以上；②各分項成績達各分項合格分數（＝通過門檻）以上。如有一科分項成績未達門檻，無論總分多高，也會判定為不合格。

N1~N3及N4、N5之分項成績有所不同，各級總分通過標準及各分項成績通過門檻如下所示：

級數	總分		分項成績					
			言語知識 （文字・語彙・文法）		讀解		聽解	
	得分範圍	通過標準	得分範圍	通過門檻	得分範圍	通過門檻	得分範圍	通過門檻
N1	0～180分	100分	0～60分	19分	0～60分	19分	0～60分	19分
N2	0～180分	90分	0～60分	19分	0～60分	19分	0～60分	19分
N3	0～180分	95分	0～60分	19分	0～60分	19分	0～60分	19分

級數	總分		分項成績					
			言語知識 （文字・語彙・文法）		讀解		聽解	
	得分範圍	通過標準	得分範圍	通過門檻	得分範圍	通過門檻	得分範圍	通過門檻
N4	0～180分	90分	0～120分	38分	0～60分	19分	0～60分	19分
N5	0～180分	80分	0～120分	38分	0～60分	19分	0～60分	19分

※上列通過標準自2010年第1回(7月)【N4、N5為2010年第2回(12月)】起適用。

缺考其中任一測驗科目者，即判定為不合格。寄發「合否結果通知書」時，含已應考之測驗科目在內，成績均不計分亦不告知。

4－4 測驗結果通知

依級數判定是否合格後，寄發「合否結果通知書」予應試者；合格者同時寄發「日本語能力認定書」。

■ N1, N2, N3

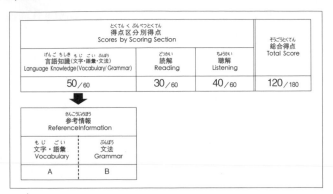

■ N4, N5

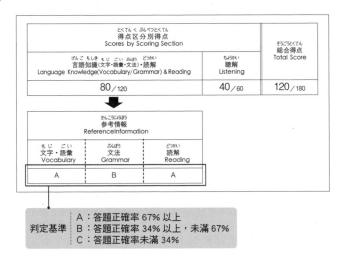

※ 各節測驗如有一節缺考就不予計分，即判定為不合格。雖會寄發「合否結果通知書」但所有分項成績，含已出席科目在內，均不予計分。各欄成績以「＊」表示，如「＊＊／60」。
※ 所有科目皆缺席者，不寄發「合否結果通知書」。

240

二、新日本語能力試驗的考試內容

N5 題型分析

測驗科目 (測驗時間)			試題內容		
			題型	小題 題數 *	分析
語言知識 (25分)	文字、語彙	1	漢字讀音 ◇	12	測驗漢字語彙的讀音。
		2	假名漢字寫法 ◇	8	測驗平假名語彙的漢字及片假名的寫法。
		3	選擇文脈語彙 ◇	10	測驗根據文脈選擇適切語彙。
		4	替換類義詞 ○	5	測驗根據試題的語彙或說法,選擇類義詞或類義說法。
語言知識、讀解 (50分)	文法	1	文句的文法1 (文法形式判斷) ○	16	測驗辨別哪種文法形式符合文句內容。
		2	文句的文法2 (文句組構) ◆	5	測驗是否能夠組織文法正確且文義通順的句子。
		3	文章段落的文法 ◆	5	測驗辨別該文句有無符合文脈。
	讀解*	4	理解內容 (短文) ○	3	於讀完包含學習、生活、工作相關話題或情境等,約80字左右的撰寫平易的文章段落之後,測驗是否能夠理解其內容。
		5	理解內容 (中文) ○	2	於讀完包含以日常話題或情境為題材等,約250字左右的撰寫平易的文章段落之後,測驗是否能夠理解其內容。
		6	釐整資訊 ◆	1	測驗是否能夠從介紹或通知等,約250字左右的撰寫資訊題材中,找出所需的訊息。

聽解 （30分）	1	理解問題	◇	7	於聽取完整的會話段落之後，測驗是否能夠理解其內容（於聽完解決問題所需的具體訊息之後，測驗是否能夠理解應當採取的下一個適切步驟）。
	2	理解重點	◇	6	於聽取完整的會話段落之後，測驗是否能夠理解其內容（依據剛才已聽過的提示，測驗是否能夠抓住應當聽取的重點）。
	3	適切話語	◆	5	測驗一面看圖示，一面聽取情境說明時，是否能夠選擇適切的話語。
	4	即時應答	◆	6	測驗於聽完簡短的詢問之後，是否能夠選擇適切的應答。

＊「小題題數」為每次測驗的約略題數，與實際測驗時的題數可能未盡相同。此外，亦有可能會變更小題題數。

＊有時在「讀解」科目中，同一段文章可能會有數道小題。

＊符號標示：「◆」舊制測驗沒有出現過的嶄新題型；「◇」沿襲舊制測驗的題型，但是更動部分形式；「○」與舊制測驗一樣的題型。

資料來源：《日本語能力試驗JLPT官方網站：分項成績・合格判定・合否結果通知》。2016年1月11日，取自：http://www.jlpt.jp/tw/guideline/results.html

N5
TEST

JLPT

＊以「國際交流基金日本國際教育支援協會」的「新しい『日本語能力試驗』ガイド
ブック」為基準的三回「文法　模擬考題」。

もんだい1　應考訣竅

N5的問題1，預測會考16題。這一題型基本上是延續舊制的考試方式。也就是給一個不完整的句子，讓考生從四個選項中，選出自己認為正確的選項，進行填空，使句子的語法正確、意思通順。

從新制概要中預測，文法不僅在這裡，常用漢字表示的，如「中、方」也可能在語彙問題中出現；接續詞（しかし、それでは）應該會在文法問題2出現。當然，所有的文法・文型在閱讀中出現頻率，絕對很高的。

總而言之，無論在哪種題型，文法都是掌握高分的重要角色。

もんだい1　（　　　）に　何を　いれますか。1・2・3・4から　いちばん　いい　ものを　一つ　えらんで　ください。

1　かようび　（　　）　がっこうは　おやすみです。

　　1　と　　　　　　2　で　　　　　　3　から　　　　　4　へ

2　あの　バスは　いえの　まえ（　　）　とまります。

　　1　に　　　　　　2　が　　　　　　3　まで　　　　　4　を

3　1しゅうかん　（　　）　さんかい　りょうりを　します。

　　1　は　　　　　　2　が　　　　　　3　に　　　　　　4　を

4　きのう　デパート（　　）　すずきさんに　あいました。

　　1　に　　　　　　2　を　　　　　　3　が　　　　　　4　で

5　こんしゅうの　にちようびに　あねと　ふたり（　　）　えいがを　みに　いきます。

　　1　で　　　　　　2　は　　　　　　3　が　　　　　　4　と

6 はなは　あります（　　）　かびんは　ありません。
1　が　　　　　　　　2　から　　　　　　3　ので　　　　　4　と

7 どようび　いっしょに　としょかんへ　（　　）ませんか。
1　いく　　　　　　　2　いって　　　　　3　いか　　　　　4　いき

8 くもが　たくさん　でてきたので　あしたは　さむく　（　　）。
1　なるでしょう　　　　　　　　　　2　なりました
3　なりたいです　　　　　　　　　　4　します

9 れいぞうこに　たくさん　ケーキが　（　　）。
1　はいって　います　　　　　　　　2　あって　います
3　して　います　　　　　　　　　　4　もって　います

10 がっこうに　（　　）とき　きょうしつに　だれも　いませんでした。
1　ついて　　　　　　　2　ついた　　　　　3　つく　　　　　4　つかない

11 いまから　いえに　かえって　すぐに　（　　）。
1　べんきょうします　　　　　　　　2　べんきょして　います
3　べんきょうです　　　　　　　　　4　べんきょうして　いました

12 （　　）　あなたの　かいしゃの　ひとですか。
1　どなたか　　　　　2　どなたが　　　　3　どなたは　　　4　どなたと

13 きのう　うまれて　（　　）　めがねを　かいました。
1　はじめまして　　　2　はじめました　　3　はじめに　　　4　はじめて

14 きょうは まだ にほんごの べんきょうを （ 　 ）。

1 します

2 していません

3 してありません

4 しませんでした

15 もう その えいがは （ 　 ）。

1 みます

2 みて います

3 みませんでした

4 みました

16 この かばんは もっと （ 　 ）。

1 やすくないでした 　 2 やすいです 　 3 やすいだです 　 4 やすいでした

もんだい 2 應考訣竅

　　問題 2 是「部分句子重組」題，出題方式是在一個句子中，挑出相連的四個詞，將其順序打亂，要考生將這四個順序混亂的字詞，跟問題句連結成為一句文意通順的句子。預估出 5 題。

　　應付這類題型，考生必須熟悉各種日文句子組成要素（日語語順的特徵）及句型，才能迅速且正確地組合句子。因此，打好句型、文法的底子是第一重要的，也就是把文法中的「助詞、慣用型、時態、體態、形式名詞、呼應和接續關係」等等弄得滾瓜爛熟，接下來就是多接觸文章，習慣日語的語順。

　　問題 2 既然是在「文法」題型中，那麼解題的關鍵就在文法了。因此，做題的方式，就是看過問題句後，集中精神在四個選項上，把關鍵的文法找出來，配合它前面或後面的接續，這樣大致的順序就出來了。接下再根據問題句的語順進行判斷。這一題型往往會有一個選項，不知道放在哪個位置，這時候，請試著放在最前面或最後面的空格中。這樣，文法正確、文意通順的句子就很容易完成了。

＊請注意答案要的是標示「★」的空格，要填對位置喔！

もんだい 2　　★　に　入る　ものは　どれですか。1・2・3・4から
　　　　　　　いちばん　いい　ものを　一つ　えらんで　ください。

（もんだいれい）

　　どちら＿＿＿＿　＿＿＿＿　★　＿＿＿＿ですか。

　　1　　カメラ　　　2　　あなた　　　3　　が　　　4　　の

（こたえかた）

1. ただしい　文を　つくります。

```
どちら＿＿＿＿　＿＿＿＿　★　＿＿＿＿ですか。
　3　が　　2　あなた　4　の　　1　カメラ
```

2.　★　に　入る　ばんごうを　くろく　ぬります。

（かいとうようし）　　| （例）　| ① ② ③ ● |

17　あした＿＿＿＿　＿＿＿＿　★　＿＿＿＿か。
　　1　だれ　　　　　　2　は　　　　　　　3　やすむ　人　4　です

18　1時＿＿＿＿　＿＿＿＿。★　＿＿＿＿を　始めます。
　　1　なりました　　　2　テスト　　　　3　に　　　　　4　それでは

19　どなた＿＿＿＿　＿＿＿＿　★　＿＿＿＿んですか。
　　1　見に　　　　　　2　どうぶつを　　3　と　　　　　4　行く

20　らいしゅうの＿＿＿＿　＿＿＿＿　★　＿＿＿＿つかいます。
　　1　3じには　　　　2　きょうしつを　3　ごご　　　　4　かようびの

21　あの　ホテル＿＿＿＿　＿＿＿＿　★　＿＿＿＿たかいです。
　　1　が　　　　　　　2　です　　　　　3　りっぱ　　　4　は

もんだい3 考試訣竅

「文章的文法」這一題型是先給一篇文章，隨後就文章內容，去選詞填空，選出符合文章脈絡的文法問題。預估出5題。

做這種題，要先通讀全文，好好掌握文章，抓住文章中一個或幾個要點或觀點。第二次再細讀，尤其要仔細閱讀填空處的上下文，就上下文脈絡，並配合文章的要點，來進行選擇。細讀的時候，可以試著在填空處填寫上答案，再看選項，最後進行判斷。

由於做這種題型，必須把握前句跟後句，甚至前段與後段之間的意思關係，才能正確選擇相應的文法。也因此，前面選擇的正確與否，也會影響到後面其他問題的正確理解。

做題時，要仔細閱讀▢▢▢的前後文，從意思上、邏輯上弄清楚是順接還是逆接、是肯定還是否定，是進行舉例說明，還是換句話說。經過反覆閱讀有關章節，理清枝節，抓住關鍵之處後，再跟選項對照，抓出主要，刪去錯誤，就可以選擇正確答案。另外，對日本文化、社會、風俗習慣等的認識跟理解，對答題是有絕大助益的。

もんだい3　 22 から 26 に 何を 入れますか。1・2・3・4から
　　　　　　いちばん いい ものを 一つ えらんで ください。

たろうと はなこの うちに おきゃくさんが 来ます。ふたりは おきゃくさんの ことを ぶんしょうに しました。

(1)

きょうの ごごに おきゃくさんが きました。ごぜんちゅう みんなで じゅんびを しました。いすを 5こ ならべました。 22 4にん きました。いっしょに おちゃを 23 、 24 はなしを しているときに ふうふが きました。

(2)

> 　きょうの　よる、おじさんたちが　くるまで　わたしの　25　いっしょ
> にごはんを　たべます。おじさんは　だいたい　5じ　ぐらいに　くると　い
> いましたが　26　きません。おかあさんが　5じ　10ぷんに　おじさんに
> でんわを　かけました。あと　20ぷんで　わたしの　いえに　つくと　いいま
> した。

22

1　2じに　なって　　　　　　　　2　2じに　なるは

3　2じに　なるに　　　　　　　　4　2じに　なるが

23

1　のんだら　　　　　　　　　　　2　のみながら

3　のみますので　　　　　　　　　4　のみますから

24

1　たのしい　　　　2　たのしかった　　3　たのしいな　　4　たのしみ

25

1　いえに　いって　　　　　　　　2　いえに　きて

3　いえに　ついて　　　　　　　　4　いえに　でて

26

1　まだ　　　　　　　2　もう　　　　　3　いつも　　　　　4　どう

もんだい1　（　　　）に　何を　いれますか。1・2・3・4から　いち
ばん　いい　ものを　一つ　えらんで　ください。

1　おとうさん（　）　いっしょに　プールにへ　いく　つもりです。
　1　は　　　　　　　2　が　　　　　　　3　と　　　　　　　4　まで

2　これは　わたしの　フィルム（　）　ありません。
　1　へは　　　　　　2　とは　　　　　　3　には　　　　　　4　では

3　ひるごはんは　パン（　）　あつい　おちゃを　食べました。
　1　も　　　　　　　2　や　　　　　　　3　か　　　　　　　4　の

4　これは　おばあちゃん（　）　つくった　ふくです。
　1　の　　　　　　　2　で　　　　　　　3　や　　　　　　　4　は

5　あさから　あめ（　）　ふって　います。
　1　は　　　　　　　2　まで　　　　　　3　が　　　　　　　4　に

6　あねは　デパートで　（　　）。
　1　はたらいて　います　　　　　　　2　はたらきでした
　3　はたらくです　　　　　　　　　　4　はたらいたです

7　いとうさんの　おかあさんは　（　　）　げんきな　ひとです。
　1　あかるくて　　　2　あかるいの　　　3　あかるいな　　4　あかるいて

8　あの　どうぶつえんは　（　　）　きれいです。
　1　おおきいので　　2　おおきくて　　　3　おおき　　　　4　おおきいの

9 まどを （　　） しめたり しないで ください。
　1　あけて　　　　　2　あくて　　　　3　あけたり　　　4　あくたり

10 きょうしつの そとが しずかに （　　）。
　1　です　　　　　　2　なりました　　3　あります　　　4　しています

11 ことしで はたちに なりましたので もう こどもでは （　　）。
　1　ございます　　　2　ありません　　3　でした　　　　4　いませんでした

12 せんせいの たんじょうびが （　　） わすれました。
　1　いつに　　　　　2　いつ　　　　　3　いつか　　　　4　いつの

13 だいどころで ははが そうじを （　　）。
　1　して います　　2　つかいます　　3　あります　　　4　もう します

14 A「この ほんと あの じびきを （　　）。ぜんぶで いくらに なり
　　　ますか。」
　　B「ありがとう ございます。ぜんぶで ごせんえんです。」
　1　かいませんか　　　　　　　　　2　かいたくないです
　3　かいたいです　　　　　　　　　4　かいました

15 きょう おとうさんは かぜを （　　） かいしゃを やすみました。
　1　ひいた　　　　　2　ひいたが　　　3　ひいて　　　　4　ひいたり

16 この はなしを だれから （　　）。
　1　きくましたか　　　　　　　　　2　はなしますか
　3　はなしましたか　　　　　　　　4　ききましたか

もんだい2 ___★___ に 入る ものは どれですか。1・2・3・4から いちばん いい ものを 一つ えらんで ください。

(もんだいれい)

どちら_____ _____ __★__ _____ですか。

1 カメラ 2 あなた 3 が 4 の

(こたえかた)

1. ただしい 文を つくります。

どちら_____ _____ __★__ _____ですか。
3 が 2 あなた 4 の 1 カメラ

2. __★__ に 入る ばんごうを くろく ぬります。

(かいとうようし) | （例） | ① ② ③ ❹

---

17 あの ぼうし_____ _____ __★__ _____ です。

1 たなかさん 2 が 3 を 4 かぶっている人

18 あ、バス_____ _____ 。__★__ _____ 乗って いますね。

1 でも 2 来ましたよ 3 が 4 大勢

19 きのうは ふうふ_____ _____ __★__ _____ 。

1 に 2 パーティー 3 行きました 4 で

20 もしもし、_____ _____ __★__ _____いますか。

1 が 2 は 3 みずしたさん 4 やまもとです

21 _____ _____ __★__ _____しかふりませんでした。

1 きょねんの 2 1かい 3 ゆきが 4 ふゆは

もんだい3 22 から 26 に 何を 入れますか。1・2・3・4から いちばん いい ものを 一つ えらんで ください。

たろうと はなこは りょうりの はなしを しました。

(1)

じかんが あるとき わたしは よく 22 。おにくと やさいの りょうりが 23 、ときどき まずいものが できます。りょうりは むずかしいと おもいます。

(2)

みなさん、この りょうりは どうですか。ぜんぜん 24 ですね。もっと しおからいのが すきな ひとは 25 しおか しょうゆを いれて ください。こちらに ありますから 26 。

22
1　りょうりを　しません　　　　2　りょうりを　します
3　りょうりが　できます　　　　4　りょうりを　しましょう

23
1　じょうずなので　　　　　　　2　じょうずですが
3　へたですが　　　　　　　　　4　じょうずですから

24
1　おいしい　　　2　おいしくない　3　まずい　　　　4　まずくない

25
1　じぶんが　　　2　じぶんは　　　3　じぶんに　　　4　じぶんで

26
1　どうぞ　　　　2　どうも　　　　3　どうか　　　　4　どうよ

もんだい1 （　　　）に　何を　いれますか。1・2・3・4から　いち
　　　　　ばん　いい　ものを　一つ　えらんで　ください。

1 じびき（　　）　いろいろな　たんごの　いみを　しらべます。
　　1　に　　　　　　　2　が　　　　　　　3　から　　　　　4　で

2 なに（　　）　おもしろい　ばんぐみは　ありますか。
　　1　か　　　　　　　2　が　　　　　　　3　は　　　　　　4　から

3 りんごは　ぜんぶ（　　）　1000円です。
　　1　で　　　　　　　2　か　　　　　　　3　は　　　　　　4　を

4 ビール（　　）　ジュースを　のみますか。
　　1　が　　　　　　　2　か　　　　　　　3　と　　　　　　4　に

5 すずきさんは　ピアノを　じょうず（　　）　ひきます。
　　1　で　　　　　　　2　は　　　　　　　3　に　　　　　　4　と

6 きのうは　テレビを　みて　しんぶんを　（　　）　ねました。
　　1　よみ　　　　　　　　　　　　　　2　よんで　いまして
　　3　よんで　　　　　　　　　　　　　4　よんだり

7 いっしょに　スーパーに　かいものに　（　　）。
　　1　いきたいでしょう　　　　　　　　2　いきましょう
　　3　いきでしょう　　　　　　　　　　4　いくになります

8 つくえの　うえに　ほそい　まんねんひつが　（　　）　あります。
　　1　おき　　　　　　　2　おきて　　　　　3　おいて　　　　　4　おく

9 らいしゅうは　どようびも　にちようびも　じかんが　（　　）。

1　ひまです　　　　　　　　　　2　いそがしいです

3　あります　　　　　　　　　　4　います

10 どこで　くすりを　（　　）。

1　ありますか　　　2　もらいますか　3　あげますか　　4　ほしいですか

11 としょかんの　ほんだなには　ほんが　きれいに　ならべて　（　　）。

1　います　　　　　2　あります　　　3　いて　います　4　いました

12 こどもが　にかいで　ねて　いますから　みなさん　（　　）して　ください。

1　にぎやかに　　　2　しずかに　　　3　げんきで　　　4　たいせつに

13 A「すみません。（　　）の　おさけは　どこで　うって　いますか。」

B「5かいに　ありますよ。」

1　そと　　　　　　2　がいこく　　　3　なか　　　　　4　くに

14 れいぞうこを　あまり　ながい　じかん　（　　）　ください。

1　しめないで　　　2　しめて　　　　3　あけないで　　4　あけて　おいて

15 （　　）　おなかが　いっぱいですから　なにも　いりません。

1　もう　　　　　　2　あまり　　　　3　よく　　　　　4　いくら

16 やまださんは　いつも　なんまんえんも　（　　）。

1　もちます　　　　　　　　　　2　もって　います

3　もって　いません　　　　　　4　もちません

もんだい2 ___★___ に 入る ものは どれですか。1・2・3・4から
いちばん いい ものを 一つ えらんで ください。

（もんだいれい）

どちら_____ _____ _★_ _____ですか。

1　カメラ　　　2　あなた　　　3　が　　　4　の

（こたえかた）

1. ただしい 文を つくります。

> どちら_____ _____ _★_ _____ですか。
> 3　が　2　あなた　4　の　1　カメラ

2. _★_ に 入る ばんごうを くろく ぬります。

（かいとうようし）　　（例）　　① ② ③ ❹

---

17 まいあさ　うち _____ _____ _★_ _____ がっこうに 行きます。

1　から　　　　　　2　せんたくを　　3　して　　　　　4　で

18 _____ _____ _★_ _____ 、失くさないで ください。

1　から　　　　　　2　たいせつ　　　3　かみです　　4　な

19 さとうは _____ _____ _★_ _____ よ。

1　あります　　　　2　テーブルの　　3　うえに　　　4　だいどころの

20 ドアの　右 _____ _____ _★_ _____ あります。

1　が　　　　　　　2　スイッチ　　　3　に　　　　　4　でんきの

21 おもしろい _____ _____ _★_ _____ 。

1　すんで います　2　いえに　　　　3　人が　　　　4　となりの

もんだい3 <u>22</u> から <u>26</u> に 何を 入れますか。1・2・3・4から
いちばん いい ものを 一つ えらんで ください。

　きょうは　がっこうで　いろいろな　べんきょうの　はなしを　しました。
たろうと　はなこは　べんきょうの　ことを　にっきに　かきました。

(1)

　わたしは　まいにち　ラジオを　<u>22</u>　にほんごの　べんきょうを　しま
す。<u>23</u>　きょうは　にほんの　ともだちの　いえに　あそびに　いったの
で、べんきょうしないで　かのじょと　3じかん　<u>24</u>。とても　たのしかっ
たです。

---

(2)

　いとうさんは　ピアノを　とても　じょうずに　ひきます。きょうも　おん
がく　きょうしつで　れんしゅうして　いましたが、きょうは　いつもとちが
って　すこし　へたでした。いとうさんに　<u>25</u>と　きくと、きょうはてが
いたいと　<u>26</u>。

22

　1　きくと　　　　　2　きくに　　　　3　きいて　　　　4　ききたい

23

　1　そして　　　　　2　でも　　　　　3　では　　　　　4　だから

24

　1　はなしを　しました　　　　　　　2　はなしが　しました
　3　はなしは　します　　　　　　　　4　はなしに　しました

258

25

  1　どう　しますか　　　　　　　　2　どう　しましょうか

  3　どう　しましたか　　　　　　　　4　どう　しようか

26

  1　はなしました　　　　　　　　　　2　いいました

  3　ききました　　　　　　　　　　　4　よびました

第一回

もんだい1

1	3	2	1	3	3	4	4	5	1
6	1	7	4	8	1	9	1	10	2
11	1	12	2	13	4	14	2	15	4
16	2								

もんだい2

17	1	18	4	19	1	20	1	21	2

もんだい3

22	1	23	2	24	1	25	2	26	1

第二回

もんだい1

1	3	2	4	3	2	4	1	5	3
6	1	7	1	8	2	9	3	10	2
11	2	12	3	13	1	14	3	15	3
16	4								

もんだい2

17	2	18	1	19	1	20	3	21	3

もんだい3

22	2	23	2	24	2	25	4	26	1

第三回

もんだい1

1 4	**2** 1	**3** 1	**4** 2	**5** 3
6 3	**7** 2	**8** 3	**9** 3	**10** 2
11 2	**12** 2	**13** 2	**14** 3	**15** 1
16 2				

もんだい2

17 3	**18** 3	**19** 3	**20** 2	**21** 2

もんだい3

22 3	**23** 2	**24** 1	**25** 3	**26** 2

第一回必勝問題

問題一

題號	1	2	3	4	5	6	7	8	9	10
答案	2	2	3	4	2	2	2	2	3	2

題號	11	12	13	14	15	16	17	18	19	20
答案	1	2	2	3	2	2	2	2	4	2

題號	21	22	23	24	25	26	27	28	29	30
答案	2	3	2	4	2	2	2	3	2	3

題號	31	32	33	34	35	36	37	38	39	40
答案	2	3	2	3	1	4	3	2	2	1

題號	41	42	43	44	45	46	47	48	49	50
答案	2	2	2	2	1	3	1	4	2	2

題號	51	52	53	54	55	56	57	58	59	60
答案	2	2	3	3	2	2	3	2	4	2

題號	61	62	63	64	65	66	67	68	69	70
答案	4	1	1	3	1	2	3	2	3	4

題號	71
答案	1

問題二

題號	1	2	3	4	5	6	7	8	9	10
答案	3	2	1	2	4	3	4	2	4	1

題號	11	12	13	14	15	16	17	18	19	20
答案	4	3	4	3	2	4	2	2	3	3

問題三

題號	1	2	3	4	5
答案	2	3	1	4	2

第二回必勝問題

問題一

題號	1	2	3	4	5	6	7	8	9	10
答案	2	3	1	3	3	4	2	2	2	2

題號	11
答案	2

問題二

題號	1	2	3	4
答案	2	3	2	4

問題三

題號	1	2	3	4	5
答案	3	2	1	4	3

第三回必勝問題

問題一

題號	1	2	3	4	5	6	7	8	9	10
答案	3	2	3	3	3	1	1	2	2	3

題號	11	12	13	14	15	16	17	18	19	20
答案	3	2	2	1	3	2	2	1	2	2

題號	21	22	23	24	25	26	27	28	29	30
答案	3	3	2	2	2	1	3	3	2	2

題號	31	32	33	34
答案	3	1	2	3

問題二

題號	1	2	3	4
答案	4	4	2	2

問題三

題號	1	2	3	4	5
答案	3	3	4	2	3

第四回必勝問題

問題一

題號	1	2	3	4	5	6	7	8
答案	2	4	3	2	2	2	2	1

問題二

題號	1	2	3	4
答案	1	3	4	4

問題三

題號	1	2	3	4	5
答案	2	3	2	4	4

第五回必勝問題

問題一

題號	1	2	3	4	5	6	7	8	9	10
答案	1	3	2	4	3	2	3	4	2	4

題號	11	12
答案	2	4

問題二

題號	1	2	3	4
答案	3	4	3	4

問題三

題號	1	2	3	4	5
答案	4	4	1	2	4

第六回必勝問題

問題一

題號	1	2	3	4	5	6	7	8	9	10
答案	3	1	1	3	3	2	2	4	2	2

題號	11	12
答案	2	2

問題二

題號	1	2	3	4
答案	3	2	4	3

問題三

題號	1	2	3	4	5
答案	2	3	2	3	2

第七回必勝問題

問題一

題號	1	2	3	4	5	6	7	8	9	10
答案	2	2	2	3	4	2	2	1	3	3

題號	11	12	13	14	15	16	17	18	19	20
答案	3	2	3	1	2	3	3	4	2	1

題號	21	22	23	24	25	26	27	28	29	30
答案	1	3	4	4	2	3	1	2	1	3

題號	31	32	33	34	35	36	37	38	39	40
答案	3	4	4	1	2	1	1	4	1	2

題號	41	42	43	44
答案	3	4	4	4

問題二

題號	1	2	3	4
答案	3	2	4	2

問題三

題號	1	2	3	4	5
答案	3	4	2	1	1

第八回必勝問題總復習

問題一

題號	1	2	3	4	5	6	7	8
答案	1	2	2	2	3	2	2	2

問題二

題號	1	2	3	4
答案	1	4	3	3

問題三

題號	1	2	3	4	5
答案	3	2	2	1	3

關鍵字版 精修 **QR Code朗讀** 隨看隨聽

新制對應 絕對合格 日檢必背文法

[25 K
附QR碼線上音檔

【秒殺檢定QR碼 06】

■ 發行人／**林德勝**

■ 著者／**吉松由美、千田晴夫、林勝田、山田社日檢題庫小組**

■ 出版發行／**山田社文化事業有限公司**
　　臺北市大安區安和路一段112巷17號7樓
　　電話　02-2755-7622
　　傳真　02-2700-1887

■ 郵政劃撥／**19867160號　大原文化事業有限公司**

■ 總經銷／**聯合發行股份有限公司**
　　新北市新店區寶橋路235巷6弄6號2樓
　　電話　02-2917-8022
　　傳真　02-2915-6275

■ 印刷／**上鎰數位科技印刷有限公司**

■ 法律顧問／**林長振法律事務所　林長振律師**

■ 書+QR碼／**定價　新台幣 355 元**

■ 初版／**2023年 12 月**

© ISBN : 978-986-246-798-5
2023, Shan Tian She Culture Co. , Ltd.

STS

山田社

STS

山田社